Amare Ancora

Di Rossana Renaldo

Come può uno scoglio,

arginare il mare,

anche se non voglio

torno già a volare.

(Lucio Battisti)

Oggi

Elisa sapeva che tornando a casa avrebbe dovuto prendere delle decisioni importanti.

Era scappata sull'isola di Sao Vicente, Capo Verde, nella speranza di schiarirsi le idee, ma soprattutto per ritrovare se stessa.

La città di Mindelo le era parsa subito brutta, sporca e caotica, piena di cani abbandonati per le strade, lontanissima dalla sua idea di Africa e dai sapori ed odori che teneva cari nel suo scrigno della memoria. A quella vista il suo cuore era diventato un groviglio di emozioni contrastanti e più che una via di uscita si era sentita chiusa in una prigione dove, nelle ultime ore, si era sentita addirittura soffocare.

Partita da Milano aveva avvertito subito una forte eccitazione. Dopo anni in cui il suo corpo e la sua mente erano rimasti congelati in un panico sempre crescente, aveva nuovamente provato l'inebriante ebbrezza del viaggio in solitaria.

Per Elisa il viaggio era qualcosa che non tutti possono comprendere: la pianificazione dei dettagli, la preparazione del bagaglio, il poter ascoltare la gente del mondo che parla tutto intorno lingue differenti, il cogliere gli sguardi di estranei ed i visi interessanti, il testare la propria capacità di cavarsela da soli. Man mano che le sensazioni tornavano ad essere famigliari lei si emozionava sempre di più, come in un film.

Salita sull'aereo per Lisbona aveva riprovato il piacere della vita scorrerle nelle vene ed il suo sorriso non aveva più lasciato il suo volto. I suoi occhi scuri erano tornati scintillanti e divertiti e la sua eloquenza aveva sostituito la timidezza e la chiusura dei mesi precedenti. Non si era assopita neppure per un istante, sebbene si fosse alzata alle tre del mattino per poter arrivare in tempo. Aveva sfogliato la rivista patinata senza leggerla, aveva osservato ogni dettaglio ma soprattutto aveva goduto. Beata.

Arrivata a Mindelo però la delusione era stata cocente: ma quella era Africa? E quello era il capolavoro di cui aveva sentito più volte parlare?

3

"Accidenti, che posto del cazzo....", furono le prime parole che le affiorarono alla mente.

Poi aveva incontrato la sua amica Carlotta con il suo fidanzato capoverdiano Francisco e si era fatta coinvolgere dai racconti, dalle risate, dai discorsi ed aveva messo in secondo piano quella sensazione negativa sebbene sapesse, nel suo intimo, che quel posto non l'avrebbe innamorata. Certo, avrebbe trovato lo speciale anche lì (in questo era bravissima, nulla da eccepire), la sua rosa tra le rose tutte uguali (tanto per citare il Piccolo Principe), ma non sarebbe mai stato un luogo da cinque stelle.

"Carlotta..ma dove ti sei venuta a chiudere?"

"Cara Elisa, nel mondo dei truzzi e della polvere, dove tutto è fiesta.."

"Ah però.."

Gli anni precedenti erano stati anni senza odori, né sapori, grigi e nebbiosi come la sua città, e la sua rosa si era praticamente appassita. Poi, un giorno, inaspettatamente lo aveva sentito: era come un piccolo terremoto sommerso, che era diventato sempre più potente ed assordante e, a quel punto, non aveva più potuto fermarlo. Si era fatta sovrastare e soggiogare. Era andata dalla direttrice della struttura dove prestava servizio e le aveva detto che se ne andava, perché doveva cambiare vita. Poi aveva informato il suo fidanzato e sua madre, dicendo loro che sarebbe anche partita.

Una rivoluzione era in corso e nulla sarebbe più stato come in quel momento: protetto ma insulso, piatto e fastidiosamente incolore. E per la prima volta dopo secoli era soddisfatta. Per tutti sarebbe stata solo una povera matta di mezza età, ma <u>chissenefregava.</u>

Si era fatta prendere da un'euforia baldanzosa e tutto le era apparso multicolor, con i sapori forti e gli odori cruenti della città in pieno caos, con la gente che le batteva contro e quell'effetto brioso di un bicchiere di spumante.

Tutti attorno a lei erano costernati, tutti erano stati caustici. Tutti tranne la Vikka e la dolce Carlotta, dalla quale era appunto andata per la prima tappa della nuova Elisa.

Da quel momento aveva focalizzato la sua attenzione sul suo spostamento, cercando di non sentire la paura e l'ansia, sue ottime compagne di vita degli ultimi anni. Nel recente passato aveva dovuto far fronte a due potenti crisi di panico che le avevano impedito di guidare sola in autostrada, di spostarsi con tranquillità, rendendo sempre più flebili le sue autonomie. I suoi appuntamenti avevano iniziato a diradarsi, i suoi confini si erano sempre più ridotti, il suo mondo si era rimpicciolito in modo esponenziale. La sua casa e poco altro erano i soli luoghi dove si sentiva a suo agio.

Pertanto, prima della partenza, si era obbligata a rifare cose per abbattere barriere: aveva preso Laos, il suo cane, ed era andata in auto da Ikea, prendendo la tangenziale in pieno traffico. Aveva comprato il biglietto aereo senza valutare le conseguenze. Era andata a pranzo da sola in un bar del centro senza sentire vergogna.

Si era buttata e, finalmente, aveva volato.

10 anni prima

Elisa e Marco si guardavano negli occhi dopo aver fatto l'amore per la prima volta, credendo di aver provato l'apice della felicità.

Si conoscevano di vista da sempre, cresciuti nello stesso quartiere con qualche anno di differenza, lui alcuni in meno. Si erano rivisti per caso due mesi prima durante un aperitivo alla Creme e si erano ritrovati a parlare casualmente. Eli aveva scoperto che Marco aveva avuto un flirt con una sua collega noiosa e logorroica ed aveva pensato di fare una "carrambata", giusto per rendere frizzante quella triste contabile. Marco gli era parso subito divertito e aveva accettato, non promettendole un seguito di alto profilo.

Marco, che aveva visto sempre in vari contesti, non aveva di fatto mai frequentato i suoi ambienti, i luoghi dove Eli era solita andare e non avevano nemmeno amici comuni. Aveva sempre pensato che lui fosse un tipetto superficiale, belloccio e senza spina dorsale. Quella sera aveva dovuto ammettere però che il ragazzo aveva un certo appeal, un'intelligenza brillante ed una buona cultura, permettendosi di spaziare con lei su vari argomenti senza alcun problema.

Nei due mesi antecedenti a quella sera avevano iniziato a sentirsi assiduamente, si erano avvicinati ed Elisa aveva iniziato ad apprezzare il suo spirito sagace, la sua risata corposa, il suo linguaggio aulico e l'eloquenza accattivante. E ne era rimasta soggiogata.

Inoltre Marco aveva un pregio: la faceva ridere moltissimo.

Gli occhi grigi, il naso aquilino, il suo modo di accarezzarsi la mosca sotto le labbra, i capelli cortissimi neri ma spruzzati di grigio, la voce profonda ed un poco roca, il fisico imponente da giocatore di rugby, la attraevano ogni giorno di più.

C'era stata una cena, piuttosto alcolica, durante la quale erano cadute parecchie inibizioni facendoli finire contro il muro, fuori del locale, a limonare come due adolescenti. Dopo varie carezze piuttosto esplicite se l'era portato a casa sua ma lui, dopo averla spogliata e fatta impazzire, se n'era andato dicendole che non era ancora il momento.

Nelle due settimane seguenti l'intimità ed il desiderio erano cresciuti di pari passo, sempre mirabilmente gestiti da Marco, che si era rivelato un amante esperto e perfetto.

E, finalmente, quella sera lo avevano fatto. La serata era già partita in modo perfetto. La cena al Mulino, dove l'atmosfera era soffusa e intima, il cibo divino ed il vino ottimo. Il dopocena passeggiando mano nella mano nel viale accanto. Il ritorno in auto dove lui l'accarezzava provocante. Era stato il compiersi di un percorso che li aveva fatti sentire in estasi. Appagati. Pieni di luce.

"Te lo posso confessare. Mi sei sempre piaciuta Elisa. Da ragazzino mi facevo le seghe pensando al tuo modo di camminare. Al tuo culo. Ma tu nemmeno mi vedevi"

"Ma quanto sei scemo. Non è vero"

"Mi ricordo di una volta che sei arrivata in bicicletta. Io avrò avuto 16 anni e tu una ventina. Io ero seduto al bar Nazioni e tu indossavi una tutina smanicata a pantaloncino corto. Avevi le braccia e le gambe abbronzate. Sei scesa, hai buttato i capelli ricci e lunghi all'indietro e hai attraversato la piazza per andare dalla tua amica. Credo di aver avuto una delle mie più imbarazzanti erezioni."

"Ma io avevo davvero una tutina così..ma tu dov'eri?"

"Seduto tra gli sfigati, che mi mangiavo un ghiacciolo."

"Non mi ricordo di te …spiace."

"Poi c'è stata quella volta che eri col tuo fidanzato, lo stronzo pieno di soldi. Avevi una maglietta aderente ed un paio di jeans che ti fasciavano i fianchi, scoloriti. Portavi delle vecchie All Star ed avevi i capelli messi su, in una crocchia scomposta. Avevi saputo del mio incidente e che Monica era morta. Avevo 28 anni e mi sentivo una merda. Ti sei avvicinata, hai allungato una mano e mi hai accarezzato il viso e mi hai detto –*celafarai, iltempofasuperaretutto, credimi, ioloso*- Non ho potuto smettere di seguirti con gli occhi finchè non sei scomparsa. Eri bellissima, con uno sguardo enigmatico".

"Quel giorno lo ricordo. Avevo litigato come una pazza con Carlo. Ero talmente furiosa che avrei voluto scappare da tutto e tutti. Mi sentivo una totale demente."

"E poi mi ricordo quando è morto mio padre. Non sapevo che lo conoscessi, non sapevo perché tu fossi là. Ma c'eri. Avevi una camicia di jeans ed un paio di pantaloni blu informali. I capelli erano più corti, ti accarezzavano le spalle e sembravi più triste di me. La tua pelle, già scura, ti faceva sembrare una straniera. Mi hai abbracciato con dolcezza e, per la prima volta, ho sentito il tuo corpo ed il tuo odore ed ho ringraziato papà".

"Non ne sapevo nulla. Il sabato sera mi piaceva andare a Messa e sono capitata lì per caso. Ho pensato fosse terribile perdere il proprio padre, visto che io per mio padre ho una certa venerazione anche se litighiamo molto. Ti ho guardato e ti ho visto smarrito, con gli occhi lontani ed il sorriso di circostanza, disperato. Ho avuto voglia di abbracciarti e starti un attimo vicina. Avevo salutato la mia migliore amica, qualche anno prima, che aveva scelto di morire, avevo lasciato Carlo che troppe volte mi aveva delusa ed ero in una fase di trasformazione".

"Avevo 32 anni. Tu hai scandito il mio tempo. Per questo essere stato dentro di te è la cosa più magica che io potessi vivere".

A quelle notti ne seguirono altre. Fu un anno perfetto.

Ma quando tutto è perfetto, tutto è irreale perché la vita è esperienza, dolore, mutamento, insegnamento. La vita dà ma poi toglie. Ognuno ha un suo percorso con degli ostacoli, delle gioie e dei dolori, delle scelte.

Elisa era partita per uno dei suoi ritiri mistici alla Salette, in Francia.

Prima di partire avevano fatto ancora l'amore sul tavolo del biliardo, al centro sportivo dove lui si allenava. Uno dei loro momenti selvaggi, che scattavano quando capitava e che dovevano consumare in fretta, come se non ci fosse altra possibilità. La carica erotica che condividevano era sempre stata altissima così come la follia, pertanto avevano fatto l'amore ovunque, disseminando ricordi come Hansel e Gretel, senza mai preoccuparsi degli altri.

"Prendi la mia auto per favore, la tua è fantastica ma inizia ad avere troppi anni."

"Ma io guido piano, come una lumachina, guardandomi intorno, assaporando la strada e la mia vecchia Bastarda non mi lascerà mai a piedi"

"Va bene però mi chiami quando arrivi e mi fai sapere se è tutto a posto. E cerca di non stare più di tre giorni. Sai che poi mi manchi.."

"Ok … dammi un bacio e lasciami partire"

E quella fu l'ultima volta che lo vide.

Oggi

Elisa e Carlotta avevano organizzato una gita nell'isola vicina, che piaceva molto a Carlotta perché era più verde e c'erano anche delle montagne. Quando Elisa aveva conosciuto Fra Silvio, amico di amici (perché talvolta l'immenso mondo diventa piccolo e stretto) glielo aveva raccontato.

"Ma quando andate?"

"Sabato mattina"

"Anche io vado a Sant'Antao. Vado a fare un progetto con le capre. Ci sarà un esperto caseario ed un delegato di Slow Food."

"Che meraviglia …mi piacerebbe partecipare.."

"Guarda che si dorme dove capita e non c'è acqua, però se ci tieni io mi informo e sento se qualcuno vi può ospitare"

"Io vorrei tanto, Carlotta ci stai?"

E così nel pomeriggio si sarebbero unite alla spedizione per salire sull'altipiano tra i pastori. Si sarebbero incontrati a Porto Nuovo. Carlotta aveva espresso alcune perplessità, essendo più pragmatica, ma poi si era fatta prendere dall'entusiasmo trascinante dell'amica.

Al mattino presto erano partire con la nave e poi con un taxi erano andate a Paul, dove si erano inerpicate fra le montagne, in mezzo a palmizi ed a case degli Hobbit, a sentieri di pietra e piccoli ruscelli che scorrevano tra vegetazioni verdissime, colture di canna da zucchero, granturco, papaia e banani.

Per il pranzo avevano deciso di fermarsi da una coppia di tedeschi che aveva aperto una locanda bio, quasi in cima al percorso scelto, dove tutto era di loro produzione e fatto con la loro pazienza e dedizione. C'erano formaggette e yogurt, crêpes e frittelle, torte fatte in casa e frittate, una meraviglia. Mentre si mangiavano l'impossibile, Carlotta partì all'attacco.

"Cosa conti di fare quando torni? Non sei pentita di aver mollato tutto?"

"Non lo so e no, non sono pentita. Se avessi continuato con quella vita io sarei finita in un reparto neurologico, prestissimo. Ognuno nasce con un carattere, una peculiarità. La difficoltà è nell'accettazione. Ognuno ti fa notare i tuoi difetti e pur dicendoti che ti vuole bene per come sei, cerca lentamente di modificarti oppure ti dice che certe cose non dovresti dirle o farle. Quando finalmente raggiungi un tuo equilibrio o meglio, quando finalmente tu capisci che Dio ti ha fatta esattamente in quel modo lì e, paradossalmente, è il solo che ti fa stare bene capisci che è tempo di far fottere tutto e tutti. Chi ti ha capita bene, chi non ti ha capita o ha tentato di farti ragionare avrà qualche difficoltà a seguirti, chi proprio non ha aspettato altro che tu cambiassi o ti adeguassi agli schemi prescelti se ne andrà per il suo cammino. Ma tu, finalmente, sei viva. E respiri. Cazzo se respiri. E dormi, cazzo se dormi. E ridi. Cazzo se ridi. E tutto è di nuovo speciale, anche il fottuto dolore e quel senso di alienazione che ogni tanto prende e quella preoccupazione del futuro.."

"Per me l'importante è che tu sia felice"

"Io sto rinascendo. Con fatica Carlotta. Con dolore. Ma sto rinascendo e l'apatia e l'ansia mi stanno abbandonando. Sto scoprendo la forza delle emozioni. E' dura ma ce la farò, io sono allenata.."

"Lo so, ma sono lo stesso preoccupata perché desidero per te il meglio e che tu possa incontrare il giusto cammino per una serenità duratura"

"E chi non lo vorrebbe amica mia? Se penso alla mia vita mi chiedo come ho fatto ad arrivare fino a qui. Ma ci sono e mi sto godendo ogni istante, e siccome non credo al caso il senso lo troveremo presto. Prestissimo."

"Io preferirei la stabilità per te e per me."

"La mia formichina costruttrice. Una bella stabilità..ma anche tu sei in movimento amica mia ed anche tu stai solo passando da queste parti, pertanto non affrettiamo il passo e apprezziamo il paesaggio. Poi qualcuno provvederà a scrivere il seguito".

Si prepararono per la discesona e per raggiungere il gruppo al porto.

Faceva un caldo pazzesco, non c'era molto vento e quando finalmente raggiunsero Paul non c'era nessuno e loro erano sudaticce e polverose. Pertanto si misero al bar a bersi una coca cercando di raggiungere il frate al telefono per capire a che ora si dovevano trovare al Porto e cercare un mezzo che le riportasse indietro e per darsi una bella rinfrescata, visto che poi l'acqua sarebbe stata un miraggio.

Dopo una serie di chiamate e discussioni con due locali, finalmente salirono su un trasporto collettivo e si prepararono mentalmente per quel nuovo passaggio della loro permanenza, ognuno di loro persa nei propri pensieri.

20 anni prima

"Dovrei parlare con la signorina Elisa Reineri"

"Sono io, chi la desidera?"

"Carabinieri. Per favore si sieda. Le devo dare una comunicazione importante e chiederle di fare qualcosa che potrebbe scuoterla nel profondo"

"Ma cos'è uno scherzo?"

"No, le assicuro che non lo è. La signorina Jasmine Della Rocca si è suicidata. Abbiamo ritrovato la sua auto con il suo corpo grazie alla segnalazione di un contadino. Il decesso dovrebbe essere avvenuto tre giorni fa, ma tutto deve ancora essere verificato. La disturbiamo perché ci risulta essere il solo contatto presente in zona. Ci hanno detto che il padre è deceduto e che la madre vive all'estero. La signorina non ha fratelli né marito. Abbiamo bisogno che venga a confermarci che si tratta proprio di lei.."

Black out.

Jasmine. Quindici anni di vita sempre insieme. A superare le difficoltà del diventare grandi in una famiglia complessa, gli abbandoni, le prime esperienze, il suo aborto, la morte di suo padre, le botte del fratello di Elisa, i tradimenti della madre di Elisa, le fughe dall'inferno, i nascondigli nella sua mansarda col suo papà che raccontava loro storie di Africa, dove aveva fatto il medico per molti anni. Il loro Kenya, gli amori inquieti. I sogni ed i progetti.

Tutto finito?

E' così facile concludere qualcosa che sta durando da una miriade di giorni? E' così facile cancellare in un attimo gli istanti che hanno fatto crescere e che le hanno accompagnate fino ai trent'anni?

E perché, cazzo, perché?

"E come ho potuto non capire?" si chiedeva Elisa mentre si vestiva, prendeva le chiavi dell'auto, la metteva in moto e la tirava fuori dal garage, chiudeva il portone e guidava verso il luogo che le avevano comunicato. Ma già sapeva che era lei, anche se si sentiva un'amica di merda che non aveva saputo cogliere le avvisaglie, che non aveva saputo bloccare quell'evento. Già sapeva che era lei perché quel luogo, quel maledetto luogo aveva un senso per loro, anzi era il LORO FOTTUTISSIMO LUOGO.

Ma non è lei, si ripeteva come un mantra, non è lei nonostante le apparenze avverse. Non è lei perché Jasmine non avrebbe mai fatto un gesto tanto scellerato e definitivo..

Eppure era lei perché l'avevano trovata dietro al santuario dei tre campanili, perché quello era il luogo dove scappavano dalle urla, dal panico del quotidiano, perché era lì che entrambe (in tempi diversi) avevano fatto l'amore la prima volta, ed era sempre lì che ridevano, costruivano, pianificavano, bevevano. Era lì che disegnavano un futuro di viaggi, successi, realizzazioni.

Jasmine pareva viva, sul sedile al posto di guida reclinato, vestita con le sue cose preferite, le sue scarpe blu e la sua Borbonese, i suoi orecchini ad anello, il suo Rolex maschile. Pareva sorridere nel suo pallore, come se ormai fosse in un altrove gioioso, con il suo papà, il suo doberman ed i suoi castelli di carta.

E dentro Elisa tutto si schiantava, si demoliva ed lei non era più nulla.

I loro litigi dell'ultimo periodo..Avevano deciso di andare a vivere in Kenya due anni prima. Avevano fatto una vacanza in quel posto e se ne erano innamorate, come per una folgorazione.

Elisa, sempre precisa e attenta, aveva trovato un'occupazione per poter fare il salto. Si era licenziata e si era preparata, senza ascoltare le minacce della madre e senza guardare gli occhi carichi di rimprovero del padre. Jasmine, ormai sola, si era semplicemente buttata in questa nuova avventura cercando, inconsciamente, le orme di suo padre da poco morto di cancro.

I primi tempi erano stati leggeri e goliardici, pieni di nuove amicizie e di esperienze favolose. Poi la decisione di aprire un import di lingerie e di uno spaccio per vendere. Della parte burocratica se n'era occupata Elisa e Jasmine aveva trovato gli agganci in Italia per comprare. Tutto era stato perfetto per oltre un anno. Poi, da settembre qualcosa era cambiato.

"Jo ma cosa stai combinando, me lo spieghi?"

"Ho cambiato idea. Non ho più voglia di avere a che fare con il Kenya. Ho deciso di prendere in gestione un negozio qui. Quando torni ti spiego. Ti ho mandato una spedizione, così puoi ancora vendere ed organizzarti per questo periodo. Quando torni, per dicembre, ne parliamo. Poi chiudiamo la società. Vengo giù con te, vendiamo tutto e tu deciderai se continuare da sola o fare altro."

" Ma come posso continuare da sola? Se nessuno compra per me in Italia io certamente non posso andare su e giù..ma perché questo cambiamento improvviso?"

"Ti ho detto che ne parliamo al tuo rientro. Su dai, non drammatizzare. Ho delle novità inaspettate, ti assicuro e vedrai, che non appena ne verrai a conoscenza, mi capirai e sarai felice per me."

Ma Elisa non era stata felice per lei, anzi.

Ne avevano parlato e ne avevano discusso ed erano volate parole forti e loro, dopo molto tempo, si erano trattate quasi come nemiche.

Erano volate accuse, Elisa le aveva detto che era una ragazzina viziata e superficiale che stava dilapidando l'eredità lasciata dal Dottor Della Rocca, che il suo ultimo fidanzato era un coglionissimo approfittatore e che nulla di quel che diceva e faceva aveva un fondamento.

Jasmine l'aveva accusata di essere poco elastica e troppo razionale, sempre a pensare a quel che era giusto o sbagliato, sempre a ragionare su tutto. Le aveva detto che non sarebbe mai potuta essere felice se non imparava a lasciare il cervello a riposo per utilizzare di più il suo cuore. Le aveva buttato in faccia che ormai era un'adulta e che non poteva rinunciare a credere nella famiglia, nel futuro solo perché aveva avuto una famiglia complessa. Le aveva detto che era gelosa, troppo gelosa della sua felicità e di quell'amore che le aveva fatto buttare tutto all'aria per poter ricominciare con nuove sfumature.

Erano tornate in Kenya, avevano chiuso la Ludus LTD e Jasmine era ripartita. Elisa aveva deciso di ritornare suo malgrado e non l'aveva cercata per molto tempo. Al rientro aveva trovato una lettera di Jasmine, un po' farneticante che le aveva dato una brutta sensazione ma che aveva tenuto in un cassetto senza aver mai trovato la voglia di risponderle.

E tutto questo avveniva neanche un mese prima.

Ed ora i discorsi surreali di Jasmine finalmente trovavano un senso ed una sensazione di alienazione che non le permetteva di focalizzare su quel che i carabinieri le stavano dicendo stava prendendo il sopravvento su di lei, facendola cadere in ginocchio, facendola soffocare fino a farle chiudere gli occhi, speranzosa di ritrovarsela ancora accanto per poter risolvere tutto, come avevano fatto sempre.

Invece non sarebbe più stato così. La parola MAI era tangibile in quell'istante. Crudelmente tangibile.

E poi il buio.

Oggi

Elisa e Carlotta arrivarono in ritardo a Porto Nuovo ed, in lontananza, videro già Fra Silvio che si sbracciava. Non vedevano l'ora di poter partire per quell'esperienza particolare tra gli altipiani di quell'isola aspra. Videro un pick up bianco e compresero che il cassone sarebbe stato il loro posto per il viaggio e si sentirono subito coinvolte.

"Mauro e Michele, vi presento le due pazze che si sono fatte coinvolgere nell'avventura tra i caproni. Elisa e Carlotta."

Mauro era un bel signore di 75 anni, alto e dritto come un albero, con una bella barba bianca come il nonno di Heidi, una stretta di mano vigorosa, un sorriso aperto. Era il massimo intenditore di formaggi di capra italiano, allevatore d'eccellenza e consulente Onu per l'incredibile conoscenza e preparazione nel settore caseario.

Michele aveva uno sguardo sfrontato, i capelli cortissimi e brizzolati, sui quarant'anni, fisico asciutto ed atletico, sorriso sornione. Era l'incaricato di Slow Food per il paesi di lingua portoghese. Dandosi la mano Elisa e Michele sentirono una sorta di elettricità che li portò a guardarsi un po' più a fondo. Ma subito distolsero lo sguardo ed Elisa andò a sedersi tra le valigie.

Carlotta la seguì e, poco dopo, salì anche un contadino che avrebbe viaggiato con loro. Di fronte a loro si sistemarono di due ospiti illustri.

La conversazione, durante la salita impervia che sarebbe durata due ore tra paesaggi mozzafiato e vallate scoscese, fu scorrevole e scanzonata. Mauro era di una simpatia travolgente.

Giunti in cima all'altopiano rimasero senza parole. Lo sguardo spaziava a 360 gradi. Le piccole casupole dei pastori creavano punti di luce in quella landa brulla. Le capre brucavano libere ed alcuni asinelli correvano con dei bambini. Il silenzio, il cielo terso e la semplicità di Dio rilassavano la mente dando un'immediata sensazione di gioia e calma benefica.

La casa di pietra, dove avrebbero dormito per quelle due notti, era spartana ma perfetta. Ognuno avrebbe avuto la propria intimità e la loro stanza aveva addirittura un letto matrimoniale con materasso e lenzuola pulite. Gli altri due ospiti avrebbero avuto due stanze nel lato opposto, dopo quella che poteva essere definita la grande sala da pranzo. Il bagno, provvisto di bidoni, era piccolo e pulito e vi era persino un gabinetto ed un lavandino.

Avrebbero mangiato con i pastori e Fra Silvio avrebbe soggiornato in una casa a pochi passi, vicino alla tettoia dei pasti.

Erano ormai le 17.30 e quindi decisero di fare una passeggiata. Di lavorare ormai non se ne parlava fino al mattino successivo.

Con saccente indifferenza Michele si mise a camminare al fianco di Elisa, senza mai rivolgerle la parola. Elisa percepiva il suo sguardo ed il suo profumo ed, improvvisamente, si sentiva vulnerabile. Una sensazione piacevole che aveva quasi dimenticato.

La cena fu annaffiata da abbondante vino rosso italiano fornito da Fra Silvio, che sciolse timidezze e creò un clima cameratesco da osteria. Alle 21.30 era già ora di andare a letto. Da quelle parti la sveglia era alle 6.

"Io mi fermo un attimo su questa panca di pietra a godermi questa magia. Non chiudetemi fuori. Questo cielo stellato mi incanta."

Carlotta sorrise e se ne andò, così come gli altri due.

Mentre se ne stava estasiata a contemplare il creato, sentì una mano che le accarezzava la spalla, dolcissima, che la fece sussultare.

"Posso sedermi con te?"

"Michele..credevo foste già tutti addormentati nei vostri giacigli. Certo siediti pure"

"Ho provato a coricarmi ma continuavo a pensarti. Ti sapevo qui fuori, da sola. Non si sa mai.."

Rimasero a parlare per un'ora, mentre lui ogni tanto le prendeva una mano, con indifferenza, quasi giocandoci. Il suo modo di toccare le sue dita aveva la capacità di scuoterla nel profondo.

"E' meglio che vada a letto. Carlotta si chiederà che fine ho fatto..e poi domani è una giornata impegnativa e non vorrei partire male.."

Eli si alzò di scatto in difficoltà a causa di tutto quello smottamento interno che la stava mettendo a disagio.

Michele si alzò a sua volta senza dir nulla la abbracciò, accarezzandole la schiena. Restò un paio di minuti con il naso affondato nei suoi capelli, poi le posò un delicato bacio sulla fronte, uno sul collo e sparì dentro casa.

Elisa rimase ancora qualche istante con il fiato corto, il corpo che tremava, per riprendere un respiro regolare. Si sentiva il viso in fiamme ed aveva paura che Carlotta potesse accorgersi del suo turbamento che non avrebbe saputo giustificare.

Un estraneo le aveva fatto sentire la vita scorrere violenta, aveva sentito un'eccitazione potente impadronirsi dei suoi sensi al punto da perdercisi, di dimenticarsi di tutto il resto.

Un'eventualità che mai avrebbe potuto considerare, dannatamente pericolosa per il tipo di donna che era, che aveva scelto di essere.

Soltanto una volta aveva permesso a se stessa di non essere razionale, di buttarsi con tutto il suo cuore in una storia e Marco era morto.

Da quel momento aveva deciso che non sarebbe più accaduto.

Alex, il suo fidanzato ormai da otto anni, gli aveva donato una relazione quieta, tiepida ma sicura, accogliente e gentile. E lei non voleva altro.

Aveva scelto di non voler più provare quel dolore lancinante, le crisi di pianto costanti che le sconquassavano il petto, le lacrime cocenti che le devastavano le notti e le precludevano il respiro, i ricordi che le impedivano di vivere.

Aveva sperato di morire talmente tante volte nei mesi successivi alla scomparsa di Marco da aver accettato, suo malgrado, il piacere di una risata condivisa e la leggerezza benefica delle sue prime uscite con Alex.

Pertanto doveva stare molto attenta a questo Michele. Doveva assolutamente evitare di trovarsi da sola con lui o permettergli di avvicinarla troppo. In fondo si trattava di un altro giorno ancora e tutto sarebbe tornato al suo posto.

E con tutto quello che dovevano affrontare il giorno successivo non sarebbe stato impossibile. Anzi. Sarebbe stato semplice e corretto. E poi magari era anche stata l'atmosfera, il vino abbondante, la magia di quella notte, il fatto che Michele fosse piuttosto attraente.

Elisa si convinse che si era trattato di un normale cedimento e più rilassata se ne andò in stanza, dove Carlotta dormiva già beatamente.

8 Anni prima

Elisa stava male da un anno.

Alternava crisi isteriche a lunghi giorni di apatia. Poteva non lavarsi, non mangiare, non parlare e non uscire per un intero week end.

Quando aveva capito di aver raggiunto il culmine, comprese di doversi di nuovo far aiutare da una psicoterapeuta. La sua vecchia analista, la Levy, era andata in pensione e non sapeva davvero a chi rivolgersi. Le chiese consiglio e lei fu gentilmente disponibile, indirizzandola da una collega altrettanto qualificata e con il suo stesso percorso: psichiatria e psicologia, scienza ed emotività, forgiati da anni di lavoro nella psicoterapia: per una razionale come lei indispensabili per potersi fidare.

Quando aveva pensato che la sua vita avesse preso una svolta magica tutto era nuovamente precipitato, buttandola in un baratro. Marco le mancava ogni giorno e tutto in casa e fuori casa le ricordava il loro amore.

Si licenziò dal suo vecchio posto di lavoro che la soffocava ed inaridiva e si lanciò in una nuova missione. Prese un nuovo diploma ed un attestato di formazione per potersi occupare attivamente del dolore del prossimo. Voleva stare con i malati terminali. Andò anche a fare un lungo fine settimana per la preparazione di accompagnamento al morente. Improvvisamente sentiva la necessità di parlare con la morte e di guardarla negli occhi, ogni giorno.

Forse il suo dolore non si sarebbe lenito ma almeno avrebbe potuto rendersi utile.

La sua analista non era molto d'accordo sul percorso scelto e fra loro ci furono parecchi dibattiti, che però non le impedirono di perseguire il nuovo obiettivo.

Quando entrò nella squadra dell'assistenza domiciliare per i malati oncologici si sentì orgogliosa dei suoi sacrifici. Aveva raggiunto quello che si era prefissato e, pur rendendosi conto che la realtà differiva di molto dalle sue aspettative, si attivò per rendere il suo lavoro quotidiano una missione di attenzione e servizio.

L'analisi andava avanti di pari passo con il suo muoversi nel quotidiano. Si iscrisse anche all'università, grazie ai consigli della dottoressa, che le dava modo di riacquisire fiducia in se stessa e nella vita e che le presentava anche un'alternativa alle scelte fatte.

In quello stesso periodo conobbe Alex.

Elisa ricordava benissimo quella serata. Era in Creme con Valeria e stavano mangiando un gelato. Elisa era, come sempre, grigia e monocorde, con un unico argomento che tediava Valeria in modo esasperato. Alex arrivò con quella faccia buffa e le sue battute esilaranti e diede una svolta alla serata. E si unì al loro progetto di andare a vedere una commedia al cinema all'aperto. Aveva una risata talmente contagiosa che persino durante il film Elisa non potè trattenersi e, dopo mesi, trascorse alcune ore in leggerezza. Fu meraviglioso. Alex aveva saputo attraversare la sua tristezza cronica producendo un piccolo miracolo. E nelle settimane successive quel piccolo miracolo si riprodusse molte altre volte.

Alex aveva un aspetto in totale contraddizione con la sua personalità: aveva una bella faccia aperta, occhi che sorridevano e un sorriso travolgente, mentre invece era timido, riservato, gentile e pacato. Aveva saputo entrare nella vita di Elisa in punta di piedi, come un amico scanzonato e carino, accompagnandola ad eventi e manifestazioni, occupandosi con lei del suo vecchio Chock, il labrador nero che non la lasciava mai, ascoltandola nei suoi monologhi psicotici.

La sapeva far sorridere, la faceva sentire al sicuro, la riempiva di mille piccole attenzioni, la ascoltava, la stupiva con la sua basica idea della vita.

Nessun volo pindarico, nessun arzigogolo, nessuna elucubrazione cervellotica. Tutto era lineare, a tratti scontato, ma riposante e tonificante.

A poco a poco Elisa ed Alex diventarono una coppia agli occhi di tutti, ma furono sempre e soprattutto due amici. Una coppia alternativa in cui la passione non la faceva da padrona, anzi. Il sesso tra loro non sarebbe mai stato una priorità. E nemmeno avrebbe mai funzionato al meglio. Elisa non avrebbe più potuto vivere in quel modo assoluto ed Alex lo accettava.

Interruppe l'analisi in quel periodo. La sua analista le consigliò di non continuare quel rapporto, dicendole che le avrebbe bloccato il percorso di guarigione, la sua nuova evoluzione e lei non volle ascoltare.

Alex aveva un paio d'anni in meno ed un passato molto forte. Era stato uno scellerato, un mezzo alcolizzato e tossico, uno che aveva vissuto ai margini della legalità. Aveva avuto delle storie importanti ed era stato tradito e deluso. In Elisa aveva trovato il porto d'approdo. L'amava incondizionatamente, in quel modo senza guizzi, senza colpi di scena ma preciso e puntuale, sempre presente,

Il fatto negativo era che aveva elaborato una sorta di dipendenza da Elisa e, senza di lei, non si sentiva sicuro di niente. Spesso Elisa sentiva che Alex assomigliava troppo alla madre ed in quei frangenti lo allontanava con rabbia e cattiveria. Lo aveva lasciato talmente tante volte da non poterle più contare ma quella presenza era come una necessità. Senza di lui non si sentiva completa.

Per Elisa la sua presenza aveva un significato altissimo. Sebbene non c'entrasse nulla con quello che le amiche continuavano ad aspettarsi da lei, per lei tutto aveva un suo senso. In quei momenti capiva suo padre in modo viscerale e capiva anche che la storia fa ripercorrere degli episodi perché anche i lati oscuri vengano alla luce. Sentiva, dentro di sé, in modo forse un po' malato, che rendeva giustizia al padre perché stava agendo esattamente come lui.

Elisa ed Alex formavano una squadra. Tra loro c'era un'intesa tacita che, coi loro egoismi e le loro manie, non avrebbe potuto esserci con nessun altro. In fondo erano entrambi due borderline.

Eppure quella squadra fu indispensabile per superare tutte le prove che dovettero affrontare, sebbene quelle stesse prove furono nocive per la parte emotiva ed emozional sentimentale che –nei primi tempi e per qualche anno- fecero parte del loro stare insieme.

Negli anni, mentre Alex rimaneva sempre lo stesso, Elisa diventava di giorno in giorno più cinica, più dura, più inavvicinabile.

Ogni volta che la vita chiedeva un prezzo, Elisa alzava le barriere con il mondo, attorno al suo cuore. E poneva Alex sempre meno vicino al suo dentro. Sapeva che lo stava allontanando e forse lo voleva allontanare per ritrovarsi, ma non era trasparente e non lo avrebbe mai detto in modo plateale, anche perché gli dava la colpa di alcuni fallimenti di quegli anni e, talvolta, una sorta di rancore prendeva il sopravvento sul grande affetto che la teneva comunque al suo fianco.

Ogni volta che un nuovo dolore o una nuova delusione si presentavano nel suo quotidiano Elisa si chiudeva impercettibilmente. E nel corso degli anni quelle piccole incrinature la portarono ad essere una donna totalmente differente da se stessa, trasformandola in una persona che lei non riconosceva guardandosi allo specchio.

Ed Alex lo sapeva. Alex la guardava silenziosamente senza mai, neppure una volta, fare qualcosa per scuoterla o farla rimanere.

Mai, nemmeno un giorno, cercò di cambiare per dare una nuova luce alla loro coppia.

Oggi

Alle 6.30 erano già tutti operativi. La colazione era consistita negli avanzi della cena della sera prima ed Elisa, con lo stomaco chiuso, era riuscita a buttar giù solo un caffè allungato con il latte in polvere.

Sarebbero andati a mungere le capre per testare la nuova tecnica introdotta da Mauro. Aveva fatto costruire una pedana alta per quattro capre, per velocizzare la tecnica e rendere migliore l'igiene, aumentando il livello qualitativo del latte, preservando le schiene dei pastori.

All'inizio le capre erano smarrite e tentavano di scappare, ma una volta compreso che trovavano il mais nelle mangiatoie e che tutto si svolgeva velocemente e senza dolore, facevano ressa per poter essere munte. Bellissimo.

Verso le 9 iniziarono il giro delle cascine, per verificare lo stato delle grotte di stagionatura ed il livello di igiene, fattori che alzano e modellano la qualità delle formaggette. Con loro avevano anche portato dieci litri di latte ed ogni strumentazione portatile per avere le giuste informazioni per un eccellente livello di stagionatura.

Lezione di Mauro: decisiva è infatti l'esperienza dello stagionatore-affinatore, il quale deve conoscere a fondo le esigenze e le caratteristiche dei formaggi che tratta: per esempio differenze quasi impercettibili nelle dimensioni della forma o nell'epoca di produzione possono incidere sui tempi di maturazione. Elisa prendeva appunti tutta esaltata.

Poco tempo prima una ONG francese aveva portato dei pannelli solari per permetter loro di avere l'energia elettrica e quindi era possibile inserire delle innovazioni importanti, che davano loro nuove opportunità.

Purtroppo mancava l'acqua e nessuno aveva ancora aiutato quella gente ad averne, ma Dio agisce nei modi più particolari e quindi, come diceva Fra Silvio, non mettiamo fine alla provvidenza ed apprezziamo coloro che sanno sopportare le asperità della vita facendole diventare opportunità quotidiane.

Vi era comunque una grande cisterna che riempivano una volta alla settimana e che veniva resa potabile con la varichina da dove attingevano per i bisogni domestici, c'erano i muli che portavano l'acqua per gli animali prendendola a cinque chilometri di distanza, e c'era il pick up che portava il formaggio ed il latte a Porto Nuovo che, al rientro, portava indietro recipienti per l'acqua da bere.

La vita era dura, fatta di fatica, da quelle parti, ma quella vita aveva reso quelle persone forti ed unite e la loro comunità era la loro migliore risorsa. Con noi erano amabili, generosi ed accoglienti.

Michele era stato taciturno per tutta la mattinata, senza mai tentare un minimo approccio con Elisa ed a pranzo si era seduto lontano e, subito dopo, si era allontanato per riposarsi prima di scendere col pick up, da un altro pastore, dove poteva fare alcune telefonate.

Elisa, Carlotta, Mauro e Fra Silvio avevano deciso di passare il pomeriggio insieme, errando per i monti e le cascine, scattando foto, parlando con i locali, raccontandosi aneddoti ed esperienze, creando legami speciali che sarebbero andati a far compagnia ai loro ricordi migliori, nella loro memoria privata.

La stagionatura aveva preso piede ed i risultati sembravano eccellenti. Mauro era ottimista come non mai.

Alle 19.30 si ritrovarono tutti per la cena sotto la tettoia. La padrona di casa aveva fatto, con quelle poche cose, un pasto luculliano e, a farla da padrona, c'erano le formaggette fresche, i salumi portati da Cuneo, il vino rosso e bianco del Veneto.

"Ti ho pensata oggi. Mi sta infastidendo questa tua presenza nel mio quotidiano"

E si sedette su uno sgabello di fronte ad Elisa. Lei si sentiva agitata e con lo stomaco in subbuglio, quella dichiarazione l'aveva tramortita.

Il mattino dopo Elisa e Carlotta sarebbero partite alle cinque del mattino e avrebbero poi trovato il resto del gruppo a Mindelo, tre giorni dopo.

Verso le 21 Elisa andò a farsi lo zaino, a darsi una bella sciacquata e poi uscì, per rimettersi sulla panca. E Michele era già seduto lì. Ad occhi chiusi.

"Ciao, speravo venissi. Avevo bisogno di un istante di intimità con te. Di ascoltarti respirare vicino a me, di percepire la tua pelle."

"Sono confusa. Credevo di essere padrona delle mie emozioni. Di essere una signora di mezza età, ormai."

"Tu di mezza età? Ridicolo. Hai un corpo da ragazza, occhi che bruciano, capelli ricci che corrono nel vento. Tu non ti conosci per niente".

"Ero sicura di poter tenere tutto sotto controllo. Non pensavo di poter aver bisogno di questo. Tu mi stai togliendo il fiato".

Michele le prese la mano e se la portò alla bocca.

"Tu mi fai sentire in colpa. A casa ho una compagna, una vita felice. Ero certo di amarla. Poi ti ho vista e non faccio che pensare a te, sempre. Io non so cosa io stia vivendo e che cosa diavolo tu stia rappresentando ma non ho voglia di fottermi con paranoie.."

"Anche io ho una storia che dura da alcuni anni. Ma forse stavo dormendo..avevo congelato una parte di me dopo la morte di Marco. E queste emozioni … ma dev'essere a causa del luogo, dell'atmosfera, della lontananza.."

Michele la baciò.

Fu un bacio lungo, calmo, esplorativo.

Fu un bacio fragoroso come il silenzio di quella valle. Sconvolgente come la prima volta che incontri un elefante in Savana. Pazzesco come una balena che emerge dal mare con un colpo di coda.

"Ci vediamo a Mindelo Elisa. Buona notte."

E scomparve in casa.

Elisa si rimise sulla panca di pietra. In subbuglio. Guardava la luna, di fronte a lei, e le stelle, che la coprivano come un manto scintillante.

Sentiva il profumo intenso della terra, coglieva i profili degli alberi e delle montagne lontane, godeva della brezza sulla pelle abbronzata.

Il cuore batteva forte ed impazzito ed il suo viso era stupidamente felice, beato in un sorriso ebete ed interminabile.

Si accarezzava le labbra e non riusciva a dimenticare quel bacio, quel bacio che in un nano secondo aveva spazzato anni di vita, anni di bugie.

E non provava nemmeno un pentimento, anzi.

Ringraziava Dio per quello scossone.

20 Anni Prima

Quando Elisa si riprese dal riconoscimento di Jasmine la sua vita non fu più la stessa. Col Kenya aveva chiuso in modo definitivo e quindi dovette cercarsi un posto di lavoro qualsiasi. Fu fortunata, suo malgrado, e trovò un posto da impiegata che la impegnava tantissimo. Si cercò anche un piccolo appartamento e cercò di ricostruire il suo quotidiano.

Passarono alcuni mesi di notti insonni, assenza di appetito, scatti di ira e di pianto, psicoterapia con una certa dottoressa Levy prima che Elisa potesse sentirsi persona.

I sensi di colpa, l'ansia ed il buio le distrussero molti giorni facendola soltanto sopravvivere.

Lavorava in una piccola realtà con un orario lungo e molte cose da fare, i colleghi erano talmente insignificanti da permetterle di chiudersi in se stessa, creandosi un mondo autistico e liberatorio.

All'uscita si ritrovava coi suoi incubi ed i suoi fantasmi e si chiudeva in casa, indifferente al resto del pianeta.

Non fu semplice, né immediato ma la vita pian piano si riappropriò di lei, del suo spirito e della sua anima.

"Lei è una donna forte ed intelligente Elisa. Con il tipo di vita che ha fatto, il tipo di madre che ha avuto , la violenza subita nel passato ed il lutto recente avrebbe potuto lasciarsi prendere da una qualsiasi dipendenza. Invece lei è qui, davanti a me, e sta arrampicandosi con le unghie ed i denti. Brava. Oggi stiamo nuovamente parlando di libri, di viaggi ed il suo sguardo è totalmente partecipe, attento. Il suo approccio agli argomenti che le propongo è lucido, ispirato. Lei ha una sensibilità unica Elisa. E sono molto soddisfatta del nostro percorso e dei progressi che lei sta facendo. Si è messa a nudo, è scesa con me negli abissi, mi ha concesso di sondarla senza freni e si è fidata. Bene. Stiamo arrivando alla meta Elisa. Tra breve tempo non avrà più bisogno di me. Prima però dovrà ancora buttarsi in una storia, qualsiasi, perché io capisca se il mio lavoro l'ha aiutata a tutto tondo. Quando verrà da me e mi racconterà di un evento emozionale avremo superato un altro ostacolo e potremo darci la mano, se lo saprà vivere con gioia."

"Attualmente non ho più avuto modo di provare qualcosa per qualcuno. E, sinceramente, non so se io abbia davvero voglia di vivere un'avventura, certamente non voglio una storia. E' già bellissimo sentire il sapore del cibo, coricarmi nel mio letto ed addormentarmi, leggere un libro e farmi coinvolgere, accorgersi di un panorama o dei colori della natura che cambiano, organizzare un viaggio.."

"Elisa, non affrettiamo i tempi. La vita farà il suo corso e quando meno se lo aspetta accadrà qualcosa di speciale. Sono contenta che non stia cercando nulla e che non abbia fretta. Mi piace questo suo lasciar scorrere il tempo."

"Dottoressa, io sono molto fiera di me in questo periodo. E non vorrei apparirle presuntuosa."

"Elisa, sono molto fiera di lei anch'io".

In effetti Elisa stava facendo alcune cose molto interessanti. Si era iscritta ad un corso di yoga e, dopo un inizio un po' demoralizzante, ci stava provando gusto e si sentiva davvero portata. Inoltre quel mondo era in sintonia con le sue scelte di vita. Lei era vegetariana, animalista e da molti anni si dedicava alla natura ed al rispetto per l'ambiente.

Era volontaria nel canile della sua zona. Andare a rendersi utile in quel luogo le dava molte gioie inaspettate. I cani erano da sempre i suoi animali preferiti e portarli in giro, pulire i loro box, giocare con loro era un'esperienza benefica e rigenerante.

Frequentava un cineclub con una nuova amica conosciuta a yoga, che l'aveva introdotta in un giro di persone colte e profonde, dove i discorsi erano sempre pregni di significato e mai superficiali.

Talvolta partiva per un fine settimana all'insegna di itinerari particolari, da sola, per ritrovare il piacere di conoscere, imparare e mettersi in gioco. Ogni volta che tornava sentiva che la sua persona migliorava e la sua mente si arricchiva.

Aveva cambiato quasi tutte le vecchie amicizie. L'unica costante del quartiere era rimasta Lidia. Sebbene Lidia fosse stata anche amica di Jasmine non sprecava mai parole di compatimento o di rimpianto. Quando ne parlavano era solo per ricordare istanti divertenti e leggeri. Con Lidia giocavano molto: trivial pursuit, pictionary, taboo. Le serate trascorse in quel modo facevano molto bene ad Elisa. Sicuramente molto meglio che uscire o sbattersi in qualche fumoso locale pieno di sfigati.

L'idea di avere un uomo al suo fianco non le passava mai per la mente e non sentiva mai la voglia di un abbraccio, di un bacio o di qualcosa di più intimo. Era come se il suo corpo fosse congelato per quel che riguardava i suoi impulsi. Ma questo non la preoccupava minimamente.

Oggi.

Elisa e Carlotta scesero a Porto Nuovo in coma. Tra l'altro Elisa aveva un pessimo umore perché sul Pick up avevano caricato 12 poveri capretti che, supponeva, sarebbero stati venduti per essere uccisi e la cosa la faceva incazzare come un puma.

Elisa aveva scelto di non dire nulla all'amica di quel che era avvenuto la sera prima perché non sapeva come avrebbe potuto giudicarla ed, inoltre, nemmeno lei sapeva spiegarsi cosa stesse succedendo.

E se fosse stato il tipico fuoco di paglia? Che senso avrebbe avuto sconvolgere gli animi con un racconto fine a se stesso?

Rientrarono a Mindelo senza dire grandi cose. Ognuna di loro era persa nei propri pensieri e riempirono solo degli spazi temporali con chiacchere inutili. Per il resto della giornata ognuno fece per sé.

Elisa andò a farsi un'abbondante colazione al Caffè del Mar e poi se ne tornò nella sua stanzetta. Rientrando chiamò Alex, ma la chiamata la innervosì invece di aiutarla e quindi decise di starsene sola a leggere e dormire.

Nel pomeriggio decise di andarsi a sedere sulla panchina che dava sull'unica spiaggetta significativa di Mindelo, quando il cellulare capoverdiano si mise a suonare.

"Hello?"

"Sono sceso dal pastore con una scusa infame perche dovevo sentire la tua voce. Ciao Elisa, come stai? Domani io ho già finito e rientro. Arriverò nel pomeriggio. Ho già qualche impegno istituzionale, ma alla sera voglio stare con te. Riesci a liberarti?"

"Non so cosa dire a Carlotta e non amo mentire. Posso aspettare domani, raccontando che ti ho incontrato per caso in città e che mi hai chiesto di mangiare una cosa insieme?"

"Fai come vuoi ma sappi che ho bisogno di stare solo con te. Di parlare. Di ascoltare. Questa faccenda non mi lascia sereno Eli. Ti chiamo domani".

Eli era nuovamente sottosopra. Confusa e sopraffatta come dopo il fottuto bacio.

La notte le passò addosso senza che quasi se ne rendesse conto e l'emozione, pura e cristallina del primo appuntamento, si insinuò in ogni suo agire riempiendola di adrenalina.

Alle 11 il suo cellulare suonò nuovamente.

"Ciao Eli, abbiamo un problema. A cena ci saranno anche due persone, pertanto potresti venire con Carlotta? Tutto questo aggrovigliarsi di eventi mi sta facendo impazzire."

Elisa incassò la notizia e, pur rendendosi conto che era molto meglio non fossero stati soli, la misi di cattivo umore.

"Dai, va bene. Dove dobbiamo trovarci?"

"Casa Marna. Alle 20. Eli io.."

E chiuse la comunicazione.

Durante il pranzo affrontò quindi l'argomento con Carlotta.

"Ho sentito Michele. Mi ha detto che sta rientrando e vorrebbe che andassimo a cena con lui ed altre due persone, questa sera, a Casa Marna. Che ne pensi?"

"Che palle Eli, io vengo ma poi me ne vado con una scusa qualsiasi. Mi invento un torrone sul lavoro da finire. Tanto tu puoi tornare con un taxi. Ti scrivo quel che devi dire.."

"Vediamo più tardi? Magari ti diverti.."

Elisa aveva solo portato cose informali ed avrebbe voluto essere speciale. Ma mentre perplessa guardava nel suo piccolo armadio si diede della demente. Cosa cazzo stava facendo, Santo Cielo? Si mise una cosa a caso ed uscì.

Michele aveva gli occhi verde scuro che scintillavano nel viso abbronzato. Una maglia grigia a maniche lunghe e dei jeans vecchi che gli stavano benissimo.

Eli sentiva le famose farfalle nello stomaco e la salivazione assente.

Naturalmente non capì il nome delle altre persone, né i loro ruoli ed inoltre si rese conto che sarebbe stata una serata pesante perché tutti, a parte lei, parlavano portoghese e che quindi avrebbe dovuto aspettare le traduzioni ridotte di Carlotta, perdendosi il senso di ogni conversazione.

Michele si era seduto nel lato opposto del tavolo ed aveva passato la serata a ridere e scherzare con la tipa di fianco, apparentemente rilassato ed a suo agio.

Eli aveva spiluccato dal piatto vegetariano cercando di sorridere, tentando di concentrarsi su quel che Carlotta le raccontava.

Alle 22 Carlotta si alzò e se ne andò e con lei se ne andò un'altra ospite. Eli era all'impasse e si sentiva fuori posto.

Mentre la seconda ospite si allontanò un attimo per parlare coi musicisti Michele si girò di colpo verso di lei.

"Eli portami via. Adesso dici che vuoi fare una passeggiata ed io, che sono un gentiluomo, dirò che preferisco accompagnarti. Resisti una mezz'ora e poi agisci. Ti prego. Fallo."

E così fece. Michele ed Elisa si ritrovarono seduti, sulla stessa panchina dove si trovava lei il giorno prima. Il paesaggio era delizioso a quell'ora della notte, la temperatura perfetta, ma loro erano tesi come corde di violino.

"Ti ho guardata tutta la sera. Ho bevuto i tuoi discorsi con Carlotta, le vostre risate al punto da rispondere a caso una miriade di volte."

"Mi sei parso lontano, quasi infastidito dal mio essere lì"

"Ti ho già detto che non capisci nulla..dammi la mano.."

La posò sul suo cuore che batteva come un tamburo, assordante. E da quel momento iniziarono a parlare, a raccontarsi episodi di vita vissuta ed in un attimo fu mezzanotte.

"Ti accompagno a casa.."

"Posso prendere un taxi"

E lui fu di nuovo attorno a lei, sulle sue labbra, schiena, capelli.

Rimasero un'ora, come due adolescenti, a baciarsi e scoprirsi, ebbri di desiderio e ubriachi di vita.

"Eli, cosa cazzo ci sta succedendo? Com'è possibile? Ti conosco da cinque giorni. Ho una vita felice, un buon lavoro. Steffy è carina, io so di amarla. Sto con lei da tre anni, vivo con lei. Perché adesso lei non esiste ed io mi sento perdutamente innamorato di te?"

"Michele, io non lo so. Sono stata razionale per tutti questi anni e nella mia vita poche volte ho fatto colpi di testa. Ma mai ho vissuto una cosa di questo tipo. Il fatto è che mi sono sentita strana da subito, da quando ci hanno presentati. E quel che sento adesso è una fame di te che mi sconvolge. Eppure è così. Penso che sia solo chimica, qualcosa che ha a che fare con un'evasione, una voglia di trasgredire.."

"Eli, può essere. Io so solo che domani e dopodomani farò il possibile per ritagliarmi del tempo per poter stare ancora da solo con te. Perché ho bisogno di viverti, di stare con te. Ti voglio Eli. Vaffanculo al raziocinio, a quel che è giusto, alle motivazioni. Domani mattina ti rapisco e ce ne andiamo al mare da qualche altra parte, dove possiamo stare lontani da tutto e tutti."

"Ma è una pazzia.."

"Ma io sono pazzo di te Elisa e tu non mi puoi dire di no. Perché tanto so che lo vuoi quanto lo voglio io. Pertanto domani facciamo colazione insieme e ti rapisco. Nel pomeriggio tornano Fra Silvio e Mauro ed io sarò con loro per incontrare persone e continuare coi nostri impegni. Domani sera saremo a cena tutti insieme e non avrò modo di scappare. Ma giovedì si, mi inventerò di nuovo qualcosa per risparire."

"Vorrei essere capace di usare la testa e dirti di no. Ma non ci riesco e poi nemmeno lo voglio. Perché tutto questo mi fa sentire felice. E la felicità è troppo bella perché io non me la goda..E quindi verrò a colazione con te e ovunque tu vorrai andare"

Michele la riattirò a sé e la baciò ancora a lungo prima di trovare il coraggio di chiamare un taxi e lasciarla rientrare.

Elisa tornò con la testa vuota ed il corpo rovente.

Michele era in ogni suo pensiero, in ogni sua azione. Mentre si spogliava, mentre si metteva la maglietta per dormire, mentre si lavava i denti, mentre si metteva nel letto.

Si sentiva languida e stupida.

Si crogiolava in sogni romantici ed immaginava nuove scene ad alto contenuto erotico.

Talmente fu piacevole ed arrapante che, senza che se ne rendesse conto, scivolò nel sonno continuando a godere e sorridere.

18 anni prima

"Dottoressa Levy sono davvero turbata. Conoscere Carlo mi ha messo davanti ad una donna che non pensava di poter diventare. Quando l'ho visto in quel locale ero certa che lo avrei trovato riprovevole per sempre. Ricco, arrogante, bello. Abituato ad avere sempre tutto. Una moglie e due figli spiaggiati tre mesi in una località balneare da urlo per non avere responsabilità e rotture di palle. Eppure ormai sono settimane che lo frequento, mi sto facendo incastrare?"

"Elisa, lei con quest'uomo si è aperta e scoperta e con lui ha instaurato un rapporto sincero. Avete parlato molto in questi mesi e vi siete molto ascoltati. Cosa c'è di male?"

"Dottoressa ma cosa sta dicendo? Lei che non mi cazzia … guardi che ormai io e lui abbiamo una vera relazione. Dopo essere andati ad una mostra a Milano ci siamo baciati e da quel momento lo scambio di effusioni è diventato la regola. Quella sera sono scappata a gambe levate, con un attacco di panico senza precedenti. Ma nei giorni seguenti, quando lui mi ha cercata e lusingata e corteggiata, io sono capitolata. Io sento che sto facendo un'emerita sciocchezza. Lui è padre ed io come figlia ho subìto quel comportamento da mia madre e l'ho sofferto molto. Non è mai stato facile né comprensibile. Quindi mi sento una brutta persona."

"Elisa, lei non è sua madre. Lei è una donna libera, giovane e bella. La coscienza ed il bagaglio sono di Carlo non suoi. La coscienza di Carlo non la deve interessare. Le dinamiche con la moglie non sono cose sue. La moglie può accettare o meno la situazione ed ha gli strumenti per bloccarla immediatamente. Ma non sono cose sue. Lei deve ritrovare il suo centro, il desiderio, la gioia e fino ad oggi mi sembra che il percorso stia andando in quella direzione. Rimaniamo focalizzate su di lei. Non sia severa con se stessa, non si giudichi. Quando sarà il momento lei saprà fare la scelta appropriata, perché lei è una persona di grande saggezza ed estremamente sagace. Non abbia fretta. Mi parli piuttosto del suo lato emozionale, di quel che sta provando come donna."

"Sono felice. Carlo mi sta facendo assaporare la vita. Mi coccola. Mi vizia. Facciamo molte cose insieme. E ci divertiamo come ragazzini. Ci scambiamo libri, opinioni. Mi chiede consigli che segue, me li dà con arguzia. Baciarci è stato magico. Passare ore abbracciati mentre ci raccontiamo la giornata è come stare in una casa calda ed accogliente. Lui mi dà belle sensazioni ed in questo momento ringrazio Dio sempre. Credevo di essermi sopita per sempre dopo la morte di Jo. Non posso ancora dirle nulla del sesso perché non è ancora successo e non me la sento di spingermi oltre, adesso."

"Bene Elisa. Molto bene. Io guardo i suoi occhi e le sue mani e sento nuovamente la vita scorrere. Questo lungo periodo condiviso è stato utile e ne sono lieta. Adesso Elisa è giunto il momento di vederci meno. Diradiamo. Lei deve camminare da sola e da sola cadere. Direi che potremo incontrarci ogni due mesi e poi ci saluteremo Elisa. Ce la farà. Ce la sta già facendo."

"Ne è certa? Mio Dio, in questo momento mi sembra di dover rinunciare a qualcosa di importantissimo.."

"Elisa, mi creda. Io so quel che è più opportuno. Ci vediamo tra due mesi."

Carlo ed Elisa continuarono a frequentarsi assiduamente.

Ci furono un paio di mesi di fermo quando la moglie rientrò all'ovile e Carlo si trovò a dover gestire qualcosa di inaspettato. Elisa fu irremovibile nel fargli capire che non voleva assolutamente che i suoi problemi ricadessero su di lei o che la sua situazione privata la condizionasse in qualche modo.

Elisa non si fece quindi trovare e frequentò un altro uomo per qualche tempo, cosa che diede una bella lezione a Carlo. La povera controfigura, come sempre accade, si prese anche una bella cotta per lei e rimase malissimo quando Elisa se ne uscì dalla sua vita per ricominciare a frequentare quello scellerato di Carlo. Elisa si sentì marginalmente una stronza, sebbene non gli avesse mai mentito, ma senza che questo lasciasse troppi strascichi nella sua mente.

Con Carlo Elisa poteva permettersi di vivere il tipo di rapporto che aveva sempre sognato. Nessun vincolo, nessun tipo di stress dovuto al quotidiano, ma molto divertimento, tanti fine settimana in giro a godersi la vita, regali e messaggi pieni di amore ed entusiasmo, desideri che si realizzavano in pochissimo tempo.

Elisa di stava facendo viziare per la prima volta in vita sua, capiva ed apprezzava il potere del denaro senza farsi soggiogare troppo. Lei non era attratta dalle cose costose o dalle griffe d'alta moda, ma dal poter andare a teatro sempre, ad una mostra in un'altra città, a visitare le capitali d'Europa o a comprarsi il Bidone Aspiratutto senza rate. Quelle libertà, che non si era mai potuta permettere prima e non con quella costanza, erano inebrianti e le davano una gioia irrefrenabile.

Carlo le stava concedendo una parentesi di vita davvero gratificante. La coscienza ancora non trovava posto per essere ascoltata.

Oggi

"Sei sveglia?"

"Se rispondo Michele, perdona.."

"E allora muoviti perché tra dieci minuti vengo a prenderti con un taxi.."

"Ma sono le 7.40…cosa ci fai tu già sveglio? Non mi avevi raccontato d'essere un dormiglione?""

"Smetti di perdere del tempo… Costume, ciabatte, asciugamano. Al resto ho già pensato io..Racconta quel che ti pare a Carlotta. Io arrivo."

Elisa sentì brividi per tutta la schiena, un'eccitazione scuoterla ovunque ed entrò in panico. Poi mandò un sms a Carlotta per avvisarla che usciva e se ne andava in giro.

"Ciao Eli..ti ho avuta addosso tutta la notte. Ieri sera mi hai stregato. Sono andato al bar e mi sono fatto preparare un brunch calorico, ci prendiamo un Galao al volo e scappiamo a Baia, dove mi han detto ci sia una bella spiaggetta con il mare che fa una specie di piscina naturale e , cosa fondamentale, durante la settimana non c'è un'anima.."

"Tu sei pazzo."

"Di te e non voglio perdermi neanche un minuto di noi. Lo capisci?"

Arrivati a Baia si cercarono un angolo vicino alle rocce e si sistemarono. L'acqua formava davvero una sorta di laguna calma e trasparente, la spiaggia bianca e la calma del paesaggio erano invitanti.

"Dai Eli, spogliati, facciamo il bagno."

Elisa non era pronta a farsi vedere senza vestiti, in costume da bagno. Aveva paura del suo giudizio, del suo corpo imperfetto.

"Eli, muoviti..non ti fare delle stupide paranoie. Per me sei bellissima. Sembri una ragazzina e mi piaci come sei.."

E con un abbraccio ed un bacio mise a tacere qualsiasi inquietudine l'avesse smarrita.

"Corri Eli, dai, buttiamoci…"

L'acqua era fredda ma non la sentirono quasi perché si spruzzarono e giocarono come bambini. Poi Michele le si avvicinò e se la portò attorno cominciando ad accarezzarla languidamente e lei sentì il suo sesso forte contro di lei perdendo il buonsenso.

"Ho voglia di te Elisa. Ho troppo voglia di te."

"Ma non ci conosciamo praticamente..mi sembra troppo presto"

"Taci Elisa. Taci".

E nulla fu più progettabile o razionale. Uscirono dall'acqua e si persero l'uno nell'altra. Sentì la sua lingua ovunque ed un'eccitazione talmente violenta da non poterla trattenere..Poi lui si fermò, prese un preservativo dalla sacca e se lo mise..

"Pertanto sapevi che sarei stata così facilmente abbordabile?

"Me lo hanno regalato all'aeroporto e nessuno mi ha mai fatto un regalo più azzeccato Elisa" e senza aggiungere altro ricominciò a baciarla e a farla fremere finché non fu lei a chiedergli di entrare per sentirlo totalmente.

Si fusero in una danza che li trovò in sintonia perfetta nei movimenti, nelle parole, nelle carezze, nelle posizioni che si alternarono finché lui arrivò al suo massimo e non poté più resistere.

"Io credo di amarti Elisa. Questo nostro far l'amore non lo vivevo da un secolo. Con te riesco a far tutto con una naturalezza che mi stravolge. E' come se ti conoscessi da mesi e merda, è tutto perfetto."

"E' vero è tutto perfetto … io con Alex non ho mai avuto tutto questo, mi sento in subbuglio e meravigliosamente appagata. Tu sei come un uragano ed i miei sensi sono in tua balìa. E questo mi terrorizza e mi euforizza in contemporanea. Fra due giorni ti dirò addio e mi sembra di non potercela fare.."

"Sssssshhh. Non dire nulla. Non demolire questo momento. Sono talmente felice Elisa. Ho fatto l'amore con te e sono su una spiaggia dove potrebbe arrivare chiunque ma non me n'è fottuto di meno. Sono preso da te, dal tuo corpo, dal tuo odore e mi sento in paradiso. Sono ubriaco? Sono folle? Amen Elisa. Grazie a Dio. Io non voglio muovere nemmeno un muscolo per almeno un anno.."

La mattina se ne andò in un sogno.

Alle 13 era da Carlotta senza aver ancora raccontato nulla. Ed aveva deciso di non parlare fino al dopo partenza. Voleva conservare il segreto per viverselo in privato.

15 Anni Prima

"Io sono strainnamorato di te, lo sai. Ma ho due figli e quindi non posso fare quel che voglio.."

"Sei patetico quando usi i tuoi figli per cercare di fare quel che vuoi Carlo. E credo che non dovresti utilizzare questa scusa con me. Sono sempre stata io che ti ho chiesto di anteporli a tutto, di essere un padre presente e consapevole, di organizzare cose con loro. Pertanto mia gioia infinita, questa tua sparata mi pare una colossale cazzata. Ma sai che c'è? Che sei talmente abituato a raccontar balle al mondo che ti inventi scuse invece di dire semplicemente la verità, ovvero che te ne vuoi andare in Spagna e vederti il mondiale con quei quattro fessi coi quali vai in giro a fare l'idiota, per sentirti sempre tu Carlo l'invincibile. Hai notato baby che non ci sono gabbie, né prigioni? Hai notato che non porto anelli e che non abbiamo firmato contratti? Sono tre anni che ci frequentiamo e non hai ancora imparato che la verità è la tua arma migliore? Capisco che hai un'assidua frequentazione con quell'intellettuale di tua moglie che concepisce solo il canale della menzogna, ma non esagerare Carlo. Se vuoi mantenere la tua parte davanti al mondo per me va bene. Anzi benissimo. Ma quando sei con me cazzate zero."

"Dai Eli, stai calma. Guarda che è vero…"

"Taci Carlo. Taci…Ti ho già spiegato che non sono una sciacquetta alla quale eri abituato durante le tue molteplici avventure. Che non sono abbagliata né dai tuoi soldi, né dalla tua posizione, né dai tuoi occhioni. Ti ho dimostrato, in questo tempo, che sto con te per il fatto che ti amo, e su questo in effetti dovrei farmi delle domande. Ma non faccio l'amante baby. Ed è assurdo che io faccia una tale affermazione ma tu sai cosa intendo. Se avessi dovuto vederti di nascosto, magari solo una volta la settimana o nascondermi per farmi una scopata con te..e beh cicci, non sarebbe durata un mese. Quindi se hai uno dei tuoi momenti di crisi o hai bisogno di fare un po' il figo vai. Vai sereno. Ma non addurre più come scusa i tuoi figli che mi fai diventare una belva. Quei poveretti hanno già una madre totalmente idiota ed un padre con la sindrome di Peter Pan che li riempie di benefits ma che non c'è mai nel quotidiano, non meritano anche di farti da scusante. No davvero."

"Elisa calmati. Non voglio star da solo e non ti sto raccontando palle. Chicco ha qualche problema di salute, emicranie improvvise e violente, pertanto abbiamo deciso di portarlo da uno specialista. Magari è un suo modo di dirci qualcosa.."

"Ah capisco. Che lui tenti di dirvi qualcosa non ci piove. E che tutti voi avreste bisogno di una terapia famigliare è sicuro. Ma è davvero bizzarro che lui abbia questa crisi proprio adesso che i tuoi amici stanno per partire, se non erro tra due giorni … Se Chicco non sta bene DEVI portarlo a far vedere e devi esserci assolutamente. Ma se pensi che io mi beva le tue stronzate non hai capito nulla. Ed è molto grave dopo tutto questo tempo. Ma sai cosa c'è? Non ho nessuna voglia di perdere altro tempo."

Prese la sua borsa, si alzò dal divano del loro rifugio e se ne andò sbattendo la porta.

Elisa sentiva ribollire il sangue. Il nervoso stava prendendo il sopravvento sulla lucidità ed era molto meglio che raggiungesse le sue amiche al Cluedo. Un po' di leggerezza e qualche battuta frivola l'avrebbero rimessa in bolla. Cellulare spento. Una coca e rum e tutto si sarebbe risolto.

Elisa sapeva che la situazione nella quale si era messa aveva i pro ed i contro: stimoli costanti, libertà incondizionata, sorprese e divertimento da un lato, un pantano di bugie e compromessi dall'altro.

Non poteva lamentarsi di essere trascurata perché così non era. Facevano molti viaggi insieme, trascorrevano sempre almeno due giorni nei fini settimana: dal venerdì al sabato pomeriggio, dal sabato pomeriggio alla domenica o dalla domenica al lunedì mattina. Durante la settimana si sentivano e passeggiavano la sera prima di cena coi cani, che Elisa aveva potuto prendere e che teneva da lui in azienda.

Carlo ed Elisa parlavano molto e si raccontavano e bisticciavano e ridevano come ogni coppia regolare. E quel tipo di relazione era perfetta per Elisa. Certo non c'era a Natale, o al compleanno dei figli o a Capodanno, ma a lei non aveva mai importato visto che era sempre in viaggio in quel periodo.

Non si era mai sentita un'amante. Eppure la era.

Ed in quei giorni l'insofferenza stava aumentando e forse era giunto il momento di iniziare a pensare ad un futuro diverso.

Carlo doveva bollire un po' nel suo brodo e lei doveva iniziare a capire cosa voleva fare nella sua vita, ma soprattutto se era importante per lei costruire qualcosa che fosse duraturo, perché con Carlo questo non sarebbe mai avvenuto.

Certo, era stata la sua amante più longeva. Certo, con lei si stava comportando come mai prima. Certo lui davvero la amava. Ma comunque c'era una moglie, che Elisa non stimava e non comprendeva, ma c'era e c'era da molto prima di lei ed avrebbe continuato ad esserci anche molto dopo lei fosse uscita di scena.

Oggi

"Eli, mi ha chiamata Fra Silvio. Stasera siamo invitate a mangiare con loro che sono rientrati un giorno prima. E domani ho organizzato un incontro con le signore dell'associazione per Michele e gli ho proposto di dargli l'auto e di andarci con te che sai la strada. Ha accettato. Ti spiace? Però devo chiederti una cosa. A te Michele è simpatico? No perché percepisco una strana tensione e non vorrei metterti in imbarazzo. Se vi siete antipatici non è un problema davvero.."

"Ma che dici Carlotta. Figurati..si all'inizio non ci eravamo presi molto bene ma ieri sera ci siamo anche divertiti e quindi stai tranquilla è tutto a posto e per stasera mi fa molto piacere. Pertanto grazie."

Aveva mentito a Carlotta. Si stava comportando in modo squallido con tutti. Eppure non le sembrava ancora il caso di aprirsi. E forse non lo avrebbe fatto mai. Aperta e chiusa parentesi. D'altronde da venerdì tutto sarebbe tornato alla normalità ed ognuno sarebbe andato avanti secondo la propria storia. Quando fosse tornata in Italia avrebbe comunque dovuto decidere il suo futuro ed avrebbe deciso se e come dirlo.

Oggi era più logico tacere. A tutti prima o poi capita un'avventura.

"Buona sera ragazze, che bello rivedervi.."

"Ciao Mauro, anche per noi è un piacere..ma vi mancavamo troppo che siete rientrati prima?"

"Come hai fatto a capirlo così in fretta Elisa? No, in realtà su avevamo finito e Fra Silvio mi ha già agguantato per un altro progetto domattina. Vado a fare lo yogurt. Mi sfrutta fino all'ultimo..Su la formazione è andata bene. Gli anziani continueranno a fare a modo loro, ma va bene così.... Mentre i giovani hanno capito tutto al volo e si sono dimostrati pronti e partecipi. Un successo. Per domani pomeriggio tu e Michele sarete da soli... Mi spiace ma l'arte casearia mi chiama ancora.."

Elisa e Michele si sorrisero amabilmente, ma la verità era che dentro stavano esultando come due deficienti, non vedendo l'ora di ritrovarsi ancora soli. Si erano sentiti nel pomeriggio e lui le aveva sussurrato cose bellissime e molto intime, una telefonata molto hot che l'aveva fatta fremere e godere.

La cena era stata organizzata in una locanda del centro e, per la prima volta, Michele si sedette accanto a lei, per stuzzicarla di nascosto mentre faceva lo scemo con Carlotta. Elisa si sentiva in difetto e, se non fosse stata così tanto abbronzata, un forte rossore l'avrebbe messa in serio imbarazzo.

Fecero poi tutti insieme una bella passeggiata, ma Elisa non ebbe mai modo di ritagliarsi un istante anche solo per un bacio furtivo.

Lei e Mauro si ritrovarono a scambiarsi opinioni e resoconti dei loro viaggi africani, concordando sul fatto che spesso erano i governi europei e le grandi ONG a creare danni in quelle terre eccezionali. Spesso la cooperazione era una maschera per far fare soldi sulle spalle della povera gente. La povertà e l'assistenzialismo fittizio rendevano molto di più di progetti per l'autonomia di quelle popolazioni.

"L'avidità uccide il cervello, mia cara. Ed io ne ho la nausea. Credimi"

Verso le 23 si salutarono con un abbraccio e, quando Michele le diede anche un casto bacio sul viso, lei si sentì leggera come un gabbiano.

Non appena in camera Michele la chiamò.

"E' stato difficilissimo starti accanto questa sera. Aver fatto l'amore con te non mi ha aiutato a dare una dimensione più delineata alla faccenda. Anzi. Il desiderio di te è ancora più forte ed io non posso accettare di non poterti più avere. Domattina sono preso da mille impegni e persino a pranzo mi sono fatto incastrare in un evento della stracacchiola. Sarò libero solo quando verrai a prendermi con Carlotta. Mauro ha preso una stanza di fianco alla mia e non posso nemmeno scappare senza essere visto. Merda."

"Michele, lo sapevamo da prima e forse, dico forse, è per questo che siamo così coinvolti. Ebbri. La parte dei rischi aumenta l'eccitazione ed amplifica i sensi. Domani pomeriggio possiamo stare insieme fino a quando vuoi, la fantasia non ci manca e sapremo approfittare di quelle ore. E poi avremo la serata ufficiale per vederci e salutarci. Dopodiché dobbiamo tornare alle nostre vite. Tu a quella che hai dipinto come felice, io a quella che mi deve portare in una direzione alternativa ma, mi auguro, altrettanto felice. Adesso ci sembra impossibile ma andrà esattamente così."

"Io non voglio pensarci. L'unica cosa alla quale riesco a pensare è che averti al mio fianco mi fa sentire bene, che stare dentro di te mi ha fatto sentire un superuomo perché tu eri felice e stavi godendo grazie a me. Che il profumo della tua pelle è il miglior afrodisiaco ch'io abbia mai usato. Che il tuo modo di camminare mi fa sentire brividi dalla testa ai piedi, perché penso al tuo modo di muovere il bacino quando sei sopra di me o di fianco a me o sotto di me. Che sto perdendo la testa ed è spettacolare. Che ogni volta che chiudo gli occhi ci sei tu che mi baci e non ho voglia di riaprirli. E non so leggere il futuro perché non esiste e lo vivrò quando sarà tempo."

"Michele…io non ho voglia di illudermi. Io ho paura di farmi coinvolgere talmente tanto da non avere poi la forza di lasciarti partire."

"Elisa, io sono già coinvolto talmente tanto da non volere partire."

"Ma le nostre vite. La tua vita.."

"Io non ti conoscevo Elisa. Io non ho pianificato di venire qui per lavoro ed incontrare una donna sconclusionata ed incasinata, bella e disarmante che mi faceva perdere la testa."

"Ma noi siamo diversi qui.."

"Ma che ne sai..che ne sai? Non possiamo vivere quello che c'è adesso e basta? Non possiamo essere appagati per tutte queste belle sfumature ed immagini ed emozioni?Cazzo Elisa…io e te oggi abbiamo fatto l'amore come due pazzi ed abbiamo goduto talmente tanto che non riuscivamo quasi più a respirare. Ed il solo tatto della tua mano, dopo, mentre rientravamo mi ha nuovamente fatto venire voglia.. E stasera credo di aver avuto almeno tre erezioni solo nell' averti vicina. Ma da quanto tempo è che non vivevi qualcosa di simile Elisa?"

"Io non credo di aver mai vissuto una cosa simile Michele. Io ho fatto delle scopate con gente conosciuta nella stessa sera e di cui non ho memoria e poi ho fatto l'amore con persone che conoscevo e frequentavo. Ci sono stati uomini per i quali ho perso la tramontana e che mi hanno fatta sentire la donna più figa del mondo ed altri che mi hanno dato buone emozioni.. ma non so di aver voluto qualcuno dopo cinque minuti dalla sua conoscenza e nemmeno di aver passato una notte insonne per un bacio sul collo… men che meno essermi buttata a fare sesso in una spiaggia con qualcuno che conoscevo appena, dove poteva arrivare chiunque.. E soprattutto non ho mai tenuto tutto per me, chiuso come in uno scrigno.. E non ho mai mentito o mi sono mai nascosta.."

"Lo vedi Eli? E quindi al resto non pensiamoci. Concentriamoci sul fatto che domani io e te staremo ancora insieme…soli da qualche parte, bevendoci fino all'ultima goccia. Mio Dio Eli…io sto sbarellando… E' meglio se vado a farmi una bella doccia fredda. Notte"

Elisa restò al buio a riguardarsi il film del loro pomeriggio e fu MERAVIGLIOSO.

13 anni prima

"Carlo, ascolta …io non torno indietro. E poi questa parte da te non la accetto. Ti ricordi vero di essere un uomo sposato? Sapevi che prima o poi ti avrei detto basta.."

"Ma io ti amo. Chi cazzo è questo qua? Non sai nemmeno quanto dura.. Io e te stiamo insieme da anni..cosa c'entra se sono sposato su carta.."

"Io e te stiamo insieme da troppo tempo ed è tempo per me di guardare oltre. Tu hai comunque una famiglia e quella famiglia non sono io. E' la cosa migliore per entrambi..e poi negli ultimi tempi non facevamo che urlarci dietro.."

Negli ultimi tempi lei e Carlo erano arrivati alla frutta. Lui aveva i suoi cicli e lei non li sopportava più. Quando lui entrava in crisi ricominciava a fare lo sfuggente, ad inventarsi scuse e drammi e lei non lo poteva più accettare.

Elisa aveva capito che era arrivato il tempo della parola Fine. Semplicemente. Ed in fondo lei non provava più quel sentimento che l'aveva trascinata fino a lì. Il coinvolgimento era differente e le rotture di palle stavano aumentando di mese in mese.

Inoltre, dopo le varie litigate degli ultimi mesi, lei aveva ricominciato ad uscire assiduamente con le amiche, a dedicarsi ai suoi passatempi, a crearsi nuovi interessi ed aveva anche iniziato ad accorgersi del nuovo manager entrato in azienda. E questo era un chiaro segnale di rinascita.

Il suddetto manager era belloccio, sprezzante, intrigante e con lei stava giocando al gatto col topo. Aveva la fama del bello impossibile, avendo rifiutato ogni avance ricevuta, sebbene gli fossero arrivate dalle più appetibili della Ditta, di genio assoluto e nuovo delfino del super direttore.

Maximilian, detto Max, era un'alternativa appetibile ed un bel modo di distrarsi. Affascinante, sagace, talvolta addirittura detestabile le stava dando nuovi stimoli per lavorare e farsi valere in quell'ambiente tendenzialmente maschilista.

E dopo una litigata epica con Carlo, Max era risultato il giusto pretesto per sfogare le sue ire. Siccome da un mese gli proponeva delle fantomatiche cene che poi dimenticava strada facendo, decise che l'iniziativa l'avrebbe presa lei. Contrattaccare e spiazzare.

"Allora Max, perché non passiamo dalle parole ai fatti. La famosa cena che aleggia da settimane fra di noi, che ne dici se la facciamo stasera? Io sono miracolosamente libera".

La faccia stupita di Max e la sua incapacità di replicare al volo era valsa la giornata.

"Stasera? Beh veramente non so se posso. Dovrei avere un impegno. Credo. Te lo faccio sapere più tardi."

"*Ah-ah*. Ok. Capisco. E' più divertente recitare che essere. Conosco il genere. Tranquillo. Buona giornata".

E lo mollò lì come un allocco.

Alle 18 però, mentre stava radunando le sue cose per poi uscire Max arrivò alla sua scrivania.

"Mi sono liberato. Mandami via sms il tuo indirizzo. Passo a prenderti alle 20. A dopo"

E se ne andò con un sorrisetto che non prometteva niente di buono. Elisa tornò a casa sapendo che avrebbe passato la serata cercando di metterlo in difficoltà, così avrebbe abbassato quelle alette da mister presuntuoso.

Nel frattempo aveva mandato un messaggio a Carlo per dirgli di non farsi vivo fino a dopo la Fiera che iniziava il giorno dopo. Lei sarebbe rimasta a Milano dalla Fra e non voleva davvero nuovi stress.

Elisa quella sera decise di essere carina: abito nero, sandali bassi, capelli in una crocchia scomposta, un velo di trucco, il rossetto che faceva risaltare il suo incarnato olivastro, un golfino e la tracolla. Perfetta.

L'incontro fu imbarazzante ma la cena fu piacevole, anzi piacevolissima.

Max si rivelò più simpatico ed ironico del previsto, divertente e spiazzante. La loro conversazione fu effervescente e scorrevole per tutta la serata, al punto che la cameriera del loro tavolo si fermò a ridere con loro, dopo il dolce.

Quando giunsero sotto casa si salutarono allegramente ed Elisa sgattaiolò fuori per evitare qualsiasi mossa non prevista.

Fu solo arrivata a casa che si accorse di aver scambiato il suo golf con qualcos'altro e lo avvisò dell'accaduto con un sms.

Nel frattempo Max aveva avuto voglia di stare ancora un po' con lei ed era tornato indietro, trovando il portoncino aperto era salito, aveva bussato ed aveva atteso sul pianerottolo.

Elisa, credendo fosse Carlo, aprì la porta in t-shirt, struccata e capelli selvaggi rimanendo sbalordita nel ritrovarsi Max davanti.

Max, vendendola in quella tenuta, scarmigliata e mezza nuda, si sentì libero di entrare, abbracciarla e baciarla senza una parola.

Elisa, che non aveva previsto né l'incontro né la reazione, partecipò suo malgrado al bacio, trovandolo estremamente eccitante.

Contro la parete del suo appartamento stava succedendo un sensuale scambio di effusioni che li coinvolse per una ventina di minuti, fino a che Elisa non si riprese rendendosi conto della situazione e tentando un dietro front.

"Fermati, Max. C'è un equivoco. Aspetta.."

"Elisa sei una favola. Ti giuro che non mi aspettavo un'accoglienza così, come dire, calda?"

"No, no…non credevo fossi tu.. o meglio. Non che aspettassi qualcuno ma, merda.. e poi tu sei entrato e, lo ammetto, tutto questo mi è piaciuto, ma insomma…Credo sia meglio che tu te ne vada. Anche perché ho come la sensazione che mi potrebbe piacere molto anche il seguito e non credo sia il caso.."

"Marco mi aveva detto che sei una pantera.. ma non gli avevo creduto. O meglio, ci speravo ma sei addirittura meglio, molto meglio.."

"Cosa cazzo c'entra Marco..e che ne sa Marco di me?"

"Non sei mai stata la sua donna? Non avete avuto una storia un po' di tempo fa?"

"Abbiamo avuto un filarino quando eravamo ragazzetti. E non abbiamo mai fatto attività fisica. Se capisci cosa intendo.. Cioè, fammi capire, tu mi hai stuzzicata fino ad oggi perché Marco ti ha detto che a letto ero uno spettacolo???? Ma è ridicolo.. O Mio Dio…."

"Lo ammetto si. Però adesso qui io ho scoperto una parte di te fantastica che non ho la minima intenzione di lasciar andare..Elisa tu mi piaci e mi piace quello che sta avvenendo qua tra di noi. E non mi frega un cazzo se è tutta colpa di un equivoco. Ma io da qua non me ne vado. Nemmeno morto.."

Elisa e Max fecero sesso per le due ore successive e si diedero un piacere forte ed assoluto. Nessuna inibizione. Nessun freno. Nessuna complicazione sentimentale.

Alle tre del mattino finalmente si divisero, appagati, sudati ed innegabilmente frastornati per l'avvicendarsi di piacevoli risvolti e della loro soddisfacente intesa.

"Wow Elisa. Sto da Dio. Fra tre ore devo passarti a prendere per andare in Fiera e ho giusto il tempo per tornare a Torino, farmi una doccia, cambiarmi e tornare qui. Con noi ci sarà anche quel pettegolo di Gianni.

Speriamo non si accorga di nulla.. Anche se sarà piuttosto difficile fare lo splendido dopo una notte senza sonno… "

"Dovrò pensare ad una dose di trucco tripla…"

"No, ti prego non truccarti che hai una pelle bellissima. E con le occhiaie a vista sarai molto ma molto eccitante.."

"Stupido. Vediamo di far finta che tutto questo non sia avvenuto. Ok?"

"Signorsì Capitano.. Ma non lo so se ti prendo in considerazione.. Devo decidere. Lascerò che sia il mio istinto a scegliere.."

Elisa lo accompagnò alla porta, dove si diedero un bacio frettoloso.

A quel punto non sapeva se tentare una dormita veloce o se farsi un bel bagno tonificante per ritrovare le energie indispensabili per affrontare la giornata.

Questa botta di vita le aveva fatto benissimo. Si sentiva leggera e libera. E aveva voglia di ridere come una matta.

Elisa Reineri aveva fatto sesso con l'inarrivabile Max Lodovici. Nessuno ci avrebbe mai creduto. Ed invece era tutto dannatamente vero.

Peccato l'ora altrimenti avrebbe chiamato Lidia per raccontarle le ultime news. Quel che era certo è che con Carlo era definitivamente chiusa. Se era riuscita a fare quel che aveva fatto senza avere il minimo senso di colpa significava che Carlo non doveva più far parte del suo futuro.

Non sarebbe stato facile, ma gli avrebbe parlato e gli avrebbe spiegato ogni cosa. Beh, non proprio ogni cosa, ma gli avrebbe detto che c'era un altro. E che la loro relazione doveva interrompersi.

Era stata un'amante anche troppo a lungo. Nessun rimpianto, per carità, anzi. Ma era tempo di farla finita. Quella situazione non avrebbe mai cambiato aspetto e lei nemmeno lo voleva. Meglio iniziare un nuovo capitolo senza guardarsi indietro.

Oggi

"Michele, ciao sono Carlotta. Io ed Eli stiamo arrivando. Ci vediamo davanti al Cafè del Mar, va bene?"

"Sono già qui che vi aspetto. Ho pranzato in zona."

Arrivati alla ONG dove Carlotta lavorava, Elisa prese il posto di guida, visto che sapeva dove si trovava il laboratorio delle giovani contadine.

"Eli, tu conosci bene quella zona. Portalo a vedere i dintorni e magari vai fino a Calhau, dove siamo state a passeggiare l'altra sera, visto che ti è piaciuto tanto. Magari piacerà anche a lui. Avete due ore prima che possiate andare dalle ragazze.. Divertitevi."

"Buona idea Carlotta. Sei già stato a Calhau Michele?"

"In effetti no. Di quest'isola non ho visto nulla."

"Bene, allora portalo. Ti piacerà vedrai.."

Elisa e Michele furono finalmente e nuovamente soli.

"Allora ti va di vedere il mio posto preferito? E' vicino al mare, è suggestivo. Da una parte c'è un paesaggio quasi lunare e dall'altra le onde impetuose."

"Portami dove vuoi Elisa. Fammi scoprire quel che ti pare.."

Arrivati nel luogo prescelto, lasciarono l'auto e si avviarono a piedi. Non c'era un'anima viva e si sentiva solo il rumore del vento. Camminarono mano nella mano, baciandosi come due innamorati. Ad un certo punto trovarono un ristorante chiuso con un bel dehors in muratura che creava un'isola intima e riparata e si fermarono.

Fecero nuovamente l'amore. I loro corpi nudi ed abbronzati, appoggiati al muretto, i movimenti lenti, le carezze, le lingue che si legavano e scoprivano gli angoli sperduti sulla loro pelle, i brividi.

Lui dentro di lei, e dietro di lei e sotto di lei. Lui che si fermava per baciarla e poi tornare in lei per farla impazzire. Erano secoli che non provava tre orgasmi e, pensava, se fosse morta in quell'istante sarebbe stato perfetto. Ma Michele si fermò ancora e ancora la stuzzicò finché in un crescendo la accompagnò con lui all'apice della luce, in una simbiosi accecante che la face urlare. E poi rimase fermo dentro di lei, con le labbra nei suoi capelli, a mormorarle parole d'amore.

Quando si guardarono gli occhi scintillavano estasiati, consci che quella sarebbe stata la loro ultima volta.

Si ricomposero in silenzio, si cercarono con le mani e si abbracciarono fino all'auto con una sorta di languida disperazione.

Poi ci furono le ragazze ed il progetto, gli scambi, le risate. Ci fu il rientro fatto di parole e l'aperitivo con Carlotta, la cena con gli altri.

Elisa fu trasportata in una dimensione parallela, come un automa, sapendo che non sarebbe stato semplice archiviare, sapendo che con Alex non sarebbe stato facile tacere e passare oltre, sapendo che non avrebbe dimenticato perché lei non era fatta così.

Ci furono i commiati, gli scambi di indirizzi e-mail e telefoni italiani, le promesse.

E ci fu il rientro con Carlotta che non la smetteva di raccontare tutti i dettagli del suo mitico incontro lavorativo del pomeriggio.

E ci fu la solitudine della sua camera ed il fottuto telefono capoverdiano che non suonava.

Poi, verso le due del mattino

"Eli ti giuro che quel che sento in questo momento è vero amore. Sto male. E non so dirti addio."

"Michele, ti prego di non illudermi con false speranze. Per favore. So perfettamente che tu hai una storia importante in Italia ed è una storia che non ha subito crisi. Che in quella tua dimensione sei felice. Va bene. Ma non dire quelle parole. Per favore."

"Cazzo Elisa. Che cosa ti aspetti da me? Che sia già oltre? Negli ultimi due giorni ho avuto dei momenti incantati e li ho avuti con te. Ho sentito te urlare di piacere perché io ti stavo amando. Sei tu che sei nella mia testa e sulla mia pelle. Te l'ho già detto. Non posso parlare per il mio domani, posso solo parlarti del mio oggi e nel mio oggi ci sei tu e non c'è altro. Nessun altro Elisa. Quando torno vivrò quel che devo vivere. E non lo so cosa vivrò, perché prima che partissi io non ti avevo conosciuta. Io non ti avevo avuta al mio fianco. Prima di partire io non avevo sentito la scossa solo perché ti stavo dando la mano per presentarmi. Prima di partire io non sapevo che ti avrei baciata e che baciandoti sarei precipitato in un vortice di follia che mi avrebbe reso un uomo diverso e fottutamente felice. Pertanto Elisa, io non so essere razionale come te e non voglio nemmeno esserlo razionale come te. E se mi viene da pianger pensando che domani non ti vedrò, io piango e non me ne vergogno."

13 anni prima

Il mattino seguente, quando Elisa salì sul BMW di Max con Gianni, era devastata. In parte era per non aver dormito, ma in parte era a causa del forte imbarazzo che provava.

Non era un Angelo illuminato. Assolutamente. Si era già fatta delle scopate nella sua vita, soprattutto nella sua fase di cazzeggio a vent'anni o di autolesionismo prima di andare in Kenya, ed anche là si era piuttosto divertita. Ma non aveva mai tradito un uomo col quale aveva una storia e mai con un suo superiore o collega.

Max era uno dei capi e lei doveva lavorarci tutti i giorni, anche se indirettamente, poteva farla saltare o farla trasferire. Tra l'altro aveva appena scoperto che aveva una strana relazione con una riccona milanese, sentendo le conversazioni fra Gianni e Max, e questo incasinava ancora di più la situazione.

Apparentemente tutto si era svolto in modo fluido, senza conseguenze spiacevoli, ma non se la sentiva di abbassare la guardia. Arrivati in fiera il lavoro prese il sopravvento ed Elisa ebbe talmente tanto da fare coi propri clienti da non aver più tempo per elucubrazioni contorte.

Verso le 13 decise di fare un break perché la sua attenzione stava lasciando il posto ad uno sbadiglio costante. Un bel cappuccino triplo ed una fetta di dolce l'avrebbero rimessa in sesto. Pertanto uscì per godersi il sole di quel settembre tiepido e luminoso e si sedette ad un tavolino, ordinando anche una bottiglia d'acqua frizzante. Dopo aver mangiato e bevuto con gusto si lasciò andare contro lo schienale chiudendo gli occhi.

"Cosa fai, dormi?" Max le era di fianco e le stava accarezzando una spalla.

"Max?"

"Ciao meraviglia. Non dovresti fare le ore piccole se non sei allenata. Sai che questo completo di Armani ti sta benissimo. Mentre cammini si girano tutti.."

Cazzo quando era bello. E quel sorriso di denti perfetti bianchissimi come gli stava bene.

"Spiritoso. Sai com'è, talvolta arrivano ospiti inaspettati e bisogna fare gli onori di casa.. e si, c'è sempre la fila sotto casa per vedermi camminare… ma falla finita"

"Ospiti notturni. Interessante.. E come li intrattieni, sentiamo.."

"Scemo. Smettila. Mi metti in imbarazzo..io sono timida, in fondo.."

"Si certo, me lo ricordo benissimo quanto sei timida.."

"E va bene, non crederci. Ma non ti preoccupa il fatto che ci possano vedere?"

"Per niente visto che dal rientro io sarò il tuo capo diretto e quindi lavoreremo insieme.."

Oh merda.

"Ma stai tranquilla. Io so come lavori e so che sei bravissima. Un po' rigidina ma bravissima. Precisa, attenta, ben organizzata. I clienti mi dicono che ti amano a si fidano solo di te. Pertanto non ho nulla da eccepire. Professionalmente parlando non hai nulla da temere. Anche al di fuori non ho nulla da eccepire. Anzi. Potrei rilasciare referenze ottime ma non ho ancora deciso cosa fare. Perché sei da togliere il fiato e quindi non credo di aver voglia di lasciarti perdere. Mi hanno detto che sei l'amante di un pezzo da novanta, ma non mi interessa. E poi le sfide mi divertono.."

"Ascolta. Con Carlo le cose non stanno andando molto bene, altrimenti tu non avresti avuto nemmeno mezza chance. Ed io non sono la sfida di nessuno e men che meno un premio. Ieri sera è stata magica e mi ha lasciata senza fiato ma non mi interessa replicare. Oltretutto se dovremo davvero lavorare insieme sarà molto più opportuno non avere coinvolgimenti, ti pare?

"Come no. Certo. Certo. Dai muoviti, vieni con me. Dobbiamo andare. Ti porto a conoscere dei nuovi clienti così scrocchiamo un bel caffè.."

E mentre si avviarono lui la prese per mano e poi la bloccò in un angolo e la baciò con dolcezza.

"Prima che il gallo canti lo tradirai altre due volte. Elisa il tuo corpo mi vuole e tu non potrai fare molto. Alleggerisciti.."

"Falla finita, cretino".

E la giornata continuò con quel ritmo. La visita allo stand dei clienti fu un successo ed il resto della giornata lo fu altrettanto. Alla chiusura il grande Capo si complimentò con loro.

"Bene, io me ne vado. Ci vediamo domattina."

"Non torni con noi?"

"No Gianni. Vado da un'amica che abita qui vicino. E rimango fino a lunedì"

"Ahi ahi..qui gatta ci cova. Tu non rientri. Max non rientra. Non è che dovete raccontarci qualcosa?"

"Ma fatti furbo.."

Elisa si chiese, mentre andava a raggiungere la Fra e Celine, chi diavolo fosse l'impegno milanese di Max, ma si rese anche conto che non erano fatti suoi.

Quella sera però le altre due Charlie's non le diedero tregua. Non appena messe al corrente degli ultimi eventi partì la raffica di battute e domande.

Loro tre non potevano essere più diverse: Francesca era bionda, sognatrice, sempre precisa come una vera milanese. Celine era nera coi capelli lunghi e lisci, alta un metro ed ottanta, griffata ma anticonformista, Elisa stava nel mezzo. Ed anche caratterialmente: Francesca sognava il principe azzurro e tanti bambini, Celine pensava solo alla carriera e gli uomini la interessavano solo per due cose – sesso e soldi, Elisa era di nuovo la mezza misura: non sognava il principe azzurro e non voleva figli ma preferiva le relazioni di una certa durata piuttosto che le avventure di una sera. Loro si autoproclamavano le Charlie's Angels italiane.

"Olà Elisa, sei passata dalla mia parte…un po' di sesso sfrenato e senza impegno.. Brava tesoro. Sono fiera di te..e com'è? Ti ha fatta urlare?"

"Sei sempre la solita esagerata … comunque è stata una notte davvero esaltante.. niente male, proprio niente male"

Le tre amiche erano ai Navigli, davanti a un bel piatto di pasta ed una bottiglia di Nero D'Avola, e stavano aggiornando i files dall'ultima volta e si prendevano in giro allegramente.

"Lo sai tesoro che quel borioso di Carlo non mi è mai piaciuto.. Era ora che lo cornificassi come ha sempre fatto lui e soprattutto che iniziassi a pensare di mandarlo al diavolo.. Ma questo Max è meglio del perfetto Carlo??"

Quando beveva un po' l'accento bresciano di Celine si accentuava rendendola irresistibile. Francesca scuoteva la testa facendo finta di disapprovare ma, nonostante la facciata anche lei si stava godendo una storiella hot con un collega.

"Max è figo per chiunque. Il tipo bello tormentato. Alto, fisicato, occhi verde muschio, denti bianchissimi e perfetti, naso aquilino. Carattere forte, Determinato. Cazzo, ma è il tuo genere non il mio. Mi sto Celinizzando"

"Sei proprio un'idiota. Però potresti farmelo conoscere il fanciullo. Si potrebbe andar d'accordo noi due"

"Ma Celine. La Elisa ha appena iniziato. Aspettiamo di vedere come si evolve la faccenda. Mettiti dietro le quinte. Dai. Non ti bastano il dottore e l'avvocato? Hai detto che l'avvocato ha doti impressionanti..stai buona."

"Va bene. Vai avanti Elisa. Dettagliaci la serata. E non tralasciare nulla. Mi raccomando. Facci sognare.."

Si erano conosciute durante un viaggio in Messico. Si erano piaciute al primo sguardo e non si erano più lasciate. Si compensavano e si alternavano a seconda dei momenti. Celine ed Elisa facevano le parole crociate. Celine e Francesca si facevano le maschere di bellezza ed i capelli. Celine ed Elisa andavano a divertirsi la sera. Francesca ed Elisa passeggiavano nei mercatini o facevano foto. Tutte e tre andavano a scoprire quel Paese pieno di arte e di atmosfera.

Al rientro avevano continuato a vedersi e sentirsi. Non spesso ma con costanza. Sapevano che Francesca si sarebbe persa non appena avrebbe trovato il Grande Amore, ma fino a quel momento, non era ancora accaduto. Francesca era in grande apprensione visto che aveva compiuto 35 anni, ma le altre due erano certe che l'occasione sarebbe arrivata prestissimo.

Elisa e Celine si erano viste anche a Brescia un paio di volte senza la Fra e si erano divertite come due pazze. Insieme tiravano fuori il loro lato estroso e senza freni che le portava ad esagerare un poco, per questo Carlo non la amava e per contro Celine lo detestava dandogli dell'egoista presuntuoso.

Celine era completamente dalla parte di Max anche per questa ragione.

"Domani mattina, anche se per me sarà l'alba, mi vesto e vengo ad accompagnarti in Fiera così magari mi fai conoscere il bel Max."

"Dai si vengo anch'io..perchè non gli chiedi di fare colazione con noi tre.."

"Non ci penso nemmeno perché mi fareste fare una figura di merda che voglio evitarmi il più a lungo possibile. Tra l'altro si presume abbia un'amante coi soldi, e probabilmente più vecchia di lui qui a Milano ed è con lei che sta passando la notte.. Direi che non è il caso di disturbarlo. Vi pare.."

"Va bene, ci nascondiamo e lo spiamo da lontano.."

Oggi

Era partito da due giorni e non si era più fatto vivo. Né via mail, né via cellulare, né via FB. Elisa se l'era aspettato e sapeva anche di dover guardare oltre. La vita le aveva insegnato a farlo, ma in quel momento non serviva.

Da lì a poco sarebbe tornata in Italia e molto si doveva affrontare. L'assenza di un lavoro, il rapporto ormai logoro con Alex, la madre, l'anniversario della morte di suo padre ed il bisogno di rivalsa, nonostante la sua fottuta età.

Vikka l'aspettava nel suo paesino tra le colline di Genova e doveva organizzarsi per andare da lei e ritrovare i loro ritmi. Ma forse quella era un'altra fuga. Una fuga che serviva anche il quel momento visto che l'idea di rientrare le stava dando una brutta sensazione di schifosa indifferenza e quindi un po' di stimoli erano necessari.

Mindelo non le piaceva, ma in quel breve periodo aveva vissuto più esperienze lì che negli ultimi sette anni della sua vita. E sentirsi viva ed appagata era stata una benedizione. Era come se, scegliendo di riprendere possesso di sé stessa la vita (Dio) la stesse premiando con doni continui.

"Elisa, guarda che oggi devi esserci in canile quando arriva l'europarlamentare.."

"Si, era già in programma che fossi là, perché nel fine settimana non riesco ad andarci e vorrei salutare tutti, ma soprattutto i cani, visto che subito dopo partirò."

Non aveva detto a Steve che quel genio di politico l'aveva già conosciuta la sera prima ad una cena e che le era parsa un'attrice, come molti di quelli che fanno carriera in quel campo. A parer suo stava utilizzando il suo ruolo per scroccare una vacanza tra le isole di Capo Verde e nemmeno ne avrebbe avuto bisogno visto tutti i soldi che intascava tra i tanti ruoli che ricopriva, pertanto certo non li avrebbe aiutati nel fundraising. Ma tenne tutto per sé, sapendo che non avrebbe giovato alla causa.

Quando Steve arrivò con la Stoppari rimase allibito della confidenza che lei manifestò verso Elisa e di tutte le foto che sprecò per lei. Le diede anche un appuntamento per la sera al concerto che si sarebbe tenuto nel centro espositivo ma non si dimostrò affettuosa coi cagnoloni e scese dall'auto solo per un tour veloce spaventata che potessero sporcarle l'abito firmato. Elisa confermò la sua prima impressione e le inviò un sorridente vaffanculo da lontano. Era davvero patetica.

Quando lo raccontò a Carlotta la cosa la divertì tantissimo e di rimando le disse

"Da noi ha resistito 8 minuti. Un vero record. Ma la sua presenza è valsa la faccia del mio capo quando lei, entrando ha urlato Elisa e mi ha dato due baci epocali. Spettacolare!!!"

La sera andarono quindi al concerto di Tito Paris e si sedettero con la mitica onorevole, la quale passò la serata a far selfies che postava ai vari senatori, ambasciatori e vattelappesca che sciorinava eccitata. Scherzava con loro dando loro la chance di vivere i loro primi momenti di Gloria Assoluta, che mai si sarebbero sognate.

Certe cose, raccontate a casa, le avrebbero valso un posto al sole e sguardi invidiosi, circostanza che la stava divertendo fino alla punta dei piedi.

Con Carlotta ne risero fino a casa, inventando nuove battute in onore della Stoppari, donna inenarrabile.

Elisa aveva deciso che l'argomento Michele era sigillato nella sua memoria e non ne parlò a Carlotta. Ormai il tempo di affrontare altri argomenti era giunto ed il loro ultimo week end insieme era alle porte e sarebbe stato dedicato a pianificare dei possibili scenari professionali futuri.

Anche Carlotta sapeva di voler fuggire dall'isola ma non aveva deciso ancora in quale direzione e, soprattutto, aveva paura che Francisco non avrebbe potuto e voluto seguirla. Aveva posticipato ogni decisione al dopo laurea magistrale, in gennaio, ma sapeva che procrastinare non sarebbe servito a trovare una soluzione. Per questo avevano scelto di dedicarsi le prossime 48h in una full immersion totale, che non dava modo a nessun altro di farne parte. Spiaggia, camminata sul Monte Verde, serata in pizzeria, aperitivo, pranzo al Cafè del Mar. Ogni cosa organizzata per poter godersi le loro chiacchiere e le loro dissertazioni private.

Durante il concerto aveva conosciuto la sola amica italiana che Carlotta si era fatta in Mindelo che, però, non le piacque molto. Aveva quel tipico atteggiamento dell'italiano che se ne va dal proprio paese per sfruttare una situazione in un paese svantaggiato, che faceva molto colonialista dei giorni nostri atteggiamento che Elisa aborriva. Inoltre riteneva la piaga dei cani da strada, che morivano di inedia o di infezioni, pittoresca perché erano liberi e felici, quell'ammasso di case fatiscenti uno stile architettonico intelligente e la spiaggia di Mindelo unica e speciale. Le sue idee e avevano lasciato Elisa esterrefatta e spiazzata. Non aveva fatto una delle sue tirate per rispetto a Carlotta ma le aveva fatto capire che era un'idiota. Per il suo modo di viaggiare il mondo. Purtroppo però era l'unica presenza che ci sarebbe stata nel loro fine settimane e, quindi, avrebbe dovuto farsela piacere.

12 Anni Prima

La storia con Carlo si era conclusa in modo burrascoso ma, alla fine, tornarono ad essere amici.

Elisa continuava a vedersi con Max, in modo libertino e privato seppur assiduamente.

Avevano un'ottima intesa professionale, mentale e godereccia. Ma Elisa non riusciva ad abbattere un muro che si era costruita mentalmente.

Entrambi erano Bilancia ascendente Ariete. Quando era l'Ariete a prendere il sopravvento nelle loro vite si scontravano animatamente e volavano parolacce che nemmeno uno scaricatore. Ciononostante la stima che avevano l'uno per l'altra permetteva loro di superare ogni ostacolo e tutto veniva archiviato, magari con una serata sotto le lenzuola.

Elisa sapeva che Max continuava a sentire la donna di Milano e sospettava la vedesse anche, ma non chiedeva nulla. Sapeva che era molto ricca, più vecchia e che stava cercando di separarsi dal marito.

Negli ultimi tempi il bisogno di dare un nome a quella loro relazione si faceva sempre più pressante, ma non trovava mai il modo di metterlo alle strette. Fra loro c'era una storia ma nessuno lo sapeva e lui sembrava apprezzarla così com'era.

Quando potevano stavano insieme, dormivano insieme, facevano colazione insieme, cenavano insieme, stavano coricati sul divano insieme. Ma non avevano mai organizzato gite insieme, né un'uscita per andare al cinema o a teatro. Elisa temeva che una relazione vera e propria avrebbe compromesso tutto il resto e quindi si obbligava a tenere sotto controllo i sentimenti che sempre più prepotentemente facevano capolino nella sua testa.

Max, talvolta, sembrava il più innamorato degli uomini, mentre altre volte era lontano ed indifferente oppure si limitava ad essere una macchina da sesso, eccellente, ma senza anima.

"Meraviglia, ma lo sai che ci vediamo da oltre un anno? Non ti sei ancora stufata?"

"No, anche se qualche volta mi chiedo cosa stiamo facendo."

"Siamo due adulti che si piacciono molto e che si divertono insieme, con molti punti in comune che rendono la faccenda estremamente stimolante. Non ti basta?"

"Non lo so. Sai non donne abbiamo bisogno di mettere cornici e dare nomi.."

"Capisco. A me sembra che quel che abbiamo sia più che sufficiente. C'è chi ha molto meno di noi e chi passa la vita a mentirsi. Cosa vuoi meraviglia, una dichiarazione? Orale o scritta? Mentre ci diamo piacere non ti dico forse che ti amo, che sei mia, che sono tuo? Sul lavoro non ti dimostro forse quanto io ti apprezzi? Per il resto parliamo, ridiamo non basta? Cosa ti aspetti? Una pianificazione della settimana, dei giorni precisi? Il fine settimana sempre insieme come due rincoglioniti? Ma tu hai i tuoi giri, talvolta parti e vai da quella matta di Celine o a farti le tue camminate in montagna coi cani, scappi per lo yoga o il cineclub. Io sono in giro per lavoro e ho bisogno di tornare a Torino dai miei, dalle mie abitudini banali.."

"Messa giù così non hai torto. Io con te sto bene ma qualche volta mi manchi o mi manca sentirmi parte di una storia che posso toccare. Mi viene voglia di sentirti e tu magari non rispondi e mi chiedo cosa stai facendo, se hai un'altra oppure.."

"Ah allora è questo. La Reineri ha un morso di gelosia…La tizia di Milano la conosco da dieci anni. Abbiamo avuto quel che si dice una relazione di comodo. Si scopava ogni tanto e mi faceva dei favori spesso. Negli ultimi tempi ha capito che mi sta perdendo e sta lottando per avermi. Usa tutte le armi a sua disposizione e, devo dirtelo, mi sta lusingando parecchio. Non lo so cosa accadrà. So solo che tu non eri prevista nella mia vita e stare con te mi piace parecchio. Infatti quasi tutto il mio tempo libero lo dedico a te.

Ed è un'anomalia della mia vita, per me e per lei, degli ultimi dieci anni. La mia carriera è sempre stata al primo posto, tralasciando i sentimenti in modo assoluto. E poi ho aperto una fessura e tu ti sei intromessa e lentamente hai preso possesso di molti spazi. E più è passato il tempo e più la cosa mi è piaciuta e ti ho lasciata fare. Ho sperato che questo discorso non fosse mai affrontato perché sono un egoista. Ma un egoista che tu stai rendendo molto felice. Ma oggi io non posso dirti che ci sposeremo e faremo dei figli e che tu sei la donna della mia vita. Posso solo dirti che stare con te è la parte migliore della mia vita e che non ho nessuna voglia di rinunciarci. Spero ti basti.."

Le bastava?

Non lo sapeva ma stare senza di lui per lei sarebbe stato molto peggio. Max la faceva sentire bene e le dava un senso di forza e protezione che la scaldavano. Inoltre quando facevano l'amore erano perfetti, nessuno avrebbe mai conosciuto il suo corpo ed il modo di farla raggiungere l'estasi come sapeva fare lui.

Non era abbastanza?

Oggi

Elisa ripartiva il giorno dopo per Milano via Lisbona, dove avrebbe trascorso la notte, gentilmente offerta dalla Tap in un albergo 4 stelle.

Quel mattino, come sempre, era passata in Mediateca per controllare mails e messaggi su FB ed aggiornarsi sul mondo. Aveva trascorso il fine settimana con Carlotta e si erano davvero rilassate. La camminata a piedi sul Monte Verde poi era stata epica: solo loro potevano trovare nebbia arrivate a meta. Ma tant'è. Erano anche andate ad una festa in piazza tipo ballo liscio in provincia e si erano sbellicate guardando le mises improbabili dei tipi attorno a loro. Avevano anche salvato un cagnolino da una rissa di tifosi ubriachi che festeggiavano la squadra vincente portoghese.

Quando entrò in Libero la vide subito ed il cuore iniziò a martellare furioso. Michele aveva scritto.

Elisa rimase a fissare la schermata senza trovare il coraggio di aprire il messaggio. Aveva il terrore di quel che poteva leggere, aveva il terrore che lui demolisse anche i ricordi. Ritrovato il buonsenso finalmente si decise e l'aprì.

"Eli, durante il viaggio di ritorno ho ripercorso i nostri momenti insieme, la tappe del nostro viverci. Ero talmente colmo di te da aver voglia di raccontarlo al mondo. Ma non l'ho fatto. A Milano c'era Steffy che mi aspettava. Bella, bionda, eterea, vestita in modo impeccabile, il trucco perfetto, il tacco 12. Una modella che tutti guardavano. Sorrideva a me ed io ero l'uomo più invidiato. Peccato che io volessi essere altrove. Lei non si è accorta di nulla e siamo rientrati. Parlava. Tanto. Ci siamo fermati per un caffè ed una sigaretta e lei mi stava addosso dicendomi che gli ero mancato un sacco, che non vedeva l'ora di riavermi al suo fianco e di poter dormire con me, abbracciata. Mi sentivo uno stronzo e non riuscivo a dire nulla. A casa ho fatto una doccia e lei mi ha raggiunto. Il mio corpo si è lasciato condurre, non ti arrabbiare sono solo un maschio, ma il mio cuore no. E la mia mente stava facendo l'amore con te. Ed è brutto che te lo scriva e che te lo racconti ma è la verità. Non riesco a dimenticare. Non ce la faccio a chiudere il capitolo. Io voglio che tu mi chiami quando torni. Lo so quello che ci eravamo promessi. Lo so che abbiamo una vita, una storia, il nostro percorso. Ma tu chiamami lo stesso. Anche solo per darmi dello stronzo. Ti lascio il mio numero e vorrei che tu mi rispondessi e che mi dessi il tuo. Non appena mi leggi per favore scrivimi subito. Sarà come averti con me. Ancora."

Santo Cielo. E adesso?

"Michele, nei primi due giorni ho aspettato un cenno da te. Guardavo le mails ed il cellulare capoverdiano come una mosca impazzita. Poi ho capito che dovevo rassegnarmi. E mentre mi stavo facendo i miei saggi discorsi tu arrivi e sbaragli ogni certezza, i miei buoni propositi. Uffa ma grazie. Anche tu mi sei mancato, mi stai mancando e non nego che ho una voglia pazzesca di rivederti. E forse lo farò. Ma io non sono ancora rientrata. E, soprattutto, io non voglio fare l'amante e non voglio che qualcuno venga ferito per il mio agire meschino. Nel mio passato ho già dato e non è una cosa che replicherei. Pertanto dovremo decidere in modo definitivo la cosa migliore per tutti, non solo per noi due. E mettere un punto. O dentro o fuori. Certo ci vorrà tempo, qualsiasi via prenderemo ma va fatto. Il mio telefono te lo lascio. Io sarò a casa tra due giorni."

Quando Elisa uscì dalla Mediateca non aveva più energie. Si sentiva molle e senza forza. Si andò a sedere al bar cercando di ritrovare uno pseudo-equilibrio. Lo doveva a sé stessa ed al suo futuro.

Quando era partita per Capo Verde voleva ritrovare il suo dentro. Voleva riappropriarsi della donna che giaceva da qualche parte, nei meandri del suo subconscio, nascosta da cumuli di macerie. E ci era riuscita. Elisa era uscita lentamente ma con tenacia e lei ne era fiera. Aveva ritrovato la sua determinazione ed il suo brutto carattere. Non aveva più paura dell'ignoto e di mettersi in gioco.

Aveva scelto ma non aveva previsto che anche il suo cuore avrebbe ripreso a scuotersi. A vivere una vita parallela senza tener conto del suo raziocinio, del suo agire a fin di bene, delle sue pianificazioni. Il suo cuore si era innamorato ed era fuori controllo. E lei non riusciva a capire se voleva dargli una possibilità oppure no. Perché il suo cuore non l'aveva mai portata alla serenità. Il suo cuore aveva sempre riposto le sue speranze in persone che poi si erano volatilizzate, in un modo o nell'altro. Mentre la Elisa determinata e forte poteva farla ripartire e portare esattamente là dove avrebbe dovuto essere da molti anni, se la vita non si fosse messa a remarle contro facendole vivere ogni possibile sofferenza..

Michele. Solo a dirselo quel nome si sentiva già persa. E quando chiudeva gli occhi e guardava le immagini di quei giorni con lui si ritrovava a sorridere ed a crogiolarsi in quel bailamme emozionale che la stordiva.

Sapeva di dover tornare prima di prendere qualsiasi decisione. E sapeva anche che prima avrebbe scelto il suo futuro, qualsiasi cosa avrebbe chiesto il suo cuore. Poteva essere che le due strade si incontrassero. Poteva essere.

11 anni prima

"E' incinta. Ha vinto lei. Ha lasciato suo marito e sta aspettando mio figlio. E non me lo chiedere..si è mio. Però io non voglio perderti meraviglia. Lo sai che io, a modo mio, ti amo".

Prima del ragionamento arrivò la rabbia e si sa, la rabbia è istintiva, pertanto lo schiaffo partì con foga e lo colpì in piena faccia. Un ceffone bello, corposo, sonoro che lo fece barcollare.

"Bastardo, sei davvero un bastardo Max. Ma come osi, come OSI??"

Elisa prese il libro di Musil che le aveva regalato poco prima e lo sbrindellò in mille pezzi, gettandoglieli in faccia. Max, impassibile, la lasciava fare senza mai reagire. Senza dire una sola parola.

Elisa urlò, pianse, prese a calci mobili e porte, ruppe piatti.

E poi si placò.

"Se io avessi smesso la pillola, come mi avevi proposto in uno dei tuoi momenti sessuali, saresti stato doppiamente padre? Devi sentirti davvero un fottuto onnipotente con due sceme che si alternavano nella tua vita e che potevano vincere la riffa. Ed immagino che la ricca non sappia una minchia di me. Della stupida e bucolica impiegatuccia.."

"Meraviglia, certo che sapeva di te e sapeva anche quel che in questi due anni abbiamo costruito ed il fatto che stavo bene, molto bene. Ma lei è una donna pragmatica, ha dieci anni in più di te e sapeva che questo treno non sarebbe più passato. Lei mi ama per quel che sono ed io le sono grato per alcune cose che ha fatto per me e che mi hanno dato un indubbio prestigio. Ricordati che io ho cinque anni in più di te ma solo cinque meno di lei. E come ti avevo già detto la conosco da molti anni ed ho bazzicato molto nei suoi ambienti, dove la sua amicizia mi ha aperto porte importanti. Il marito si è tolto dalle palle e lei si è trovata pronta per vivere nuove esperienze, la maternità è una di queste. Ed io le sarò accanto. Perché glielo devo e poi il seme è mio. Non posso fottermene. Ma quello che c'è fra noi è tutt'altro.

Noi sia sul lavoro che in camera non abbiamo rivali. Quello che provo quando siamo insieme è pura magia, io l'ho vissuto solo con te. Io ti amo, perché io ti amo davvero meraviglia. E l'idea che tu mi butti fuori dalla tua vita mi fa stare male. Io non capisco perché tu sia così sconvolta. Non ti sto dicendo che non ti amo più. Ti sto dicendo che avrò un figlio con un'altra, che però non è importante come te e che le starò accanto perché sono il padre della creatura e glielo devo. Stop."

"Non ti ho mai chiesto di scegliere perché sono una vigliacca. Non te l'ho mai chiesto perché avevo una fifa nera che mi lasciassi, che avresti scelto lei. Mi sono detta che bastava non pensarci e lei sarebbe scomparsa. Idiotamente credevo che avremmo finito per vivere insieme e formare una famiglia. E' vero che erano passati più di due anni ma mi lasciavo vivere. Avevo paura che se tu avessi visto tutte le mie fragilità mi avresti buttata via. Credevo che la mia parte romantica ti avrebbe allontanato per sempre. Ma ormai è tardi. La vita, ancora una volta, ha scelto per me. Devo accettarlo. Ma quel che è certo è che io non ci sarò più. Lavoreremo insieme, ma qui tu non vieni più ed io e te avremo solo rapporti professionali. Quando mi sarà sbollita la delusione e la rabbia magari potremo anche avere un rapporto più amicale ma non te lo assicuro."

"No meraviglia, non lo fare. Adesso è appena accaduto. Sei bollente. Aspetta prima di prendere decisioni irrevocabili. Io non so stare senza di te. Io non voglio stare senza di te. Io ho bisogno di te, della tua voce e del tuo corpo. Ma perché se volevi il sogno non me ne hai mai parlato? Ascolta..facciamolo ora. Non essere così risoluta."

"Basta Max. Smettila. Mi hai mancato di rispetto. Hai continuato a scopare con lei sapendo che avrebbe potuto rimanere incinta e poi tornavi qui e mi dicevi che mi amavi mentre entravi in me. Fa schifo. Fa vomitare. Sarai anche un buon padre, te lo auguro, ma come uomo sei soltanto un egoista di merda. In questa faccenda non voglio entrarci e lasciami fuori. Credimi. E' meglio per tutti."

Max la prese per le spalle. La guardava sconvolto, con gli occhi pieni di tristezza, le labbra serrate. Poi la strinse a sé e pianse, accarezzandole la schiena.

"Meraviglia, tu sei la persona migliore che io abbia mai conosciuto. Sei pura. Di una purezza unica e antica. Sei intelligente e forte e caparbia ma fragile e gentile. Aiuti il prossimo e pensi che tutto, tutti siano come te. Fai battaglie etiche e ti ostini a voler salvare il mondo, ma non sono tutti come te e lo devi accettare. Accettalo. Accettami. Di te mi piace tutto ma in questo momento io non ti capisco e non voglio farlo. Chiamami immorale, egoista, schifoso, chiamami come vuoi ma cazzo, resta con me".

Max ed Elisa rimasero uniti in silenzio per lunghi istanti. Poi lui iniziò a baciarla. Le abbassò le spalline dell'abito che aveva sapendo che sotto era nuda e la guardò. "Non dirmi di no. Se anche deve essere l'ultima lasciami stare ancora una volta dentro di me. Lasciami sognare Elisa."

Oggi

Elisa era ormai tornata da 24 ore. Aveva visto Laos ed Alex all'aeroporto. Laos con il suo muso curioso e tenero, Alex nel suo stile semplice e sportivo. Aveva cercato di capire, nascosta, se avrebbe percepito un'emozione forte ed improvvisa, ma fu solo affetto e tepore quello che le affiorò a pelle. Quando si materializzò davanti a loro per Laos fu gioia pura e fu meraviglioso farsi riempire di leccate e zampate. Quanto le era mancato. Con Alex fu un rivedersi tranquillo, pacato e amicale.

Laos continuava a gettarsi addosso per baciarla e farle sentire il suo amore, mentre lei cercava di parlare con Alex e sapere le ultimi notizie. Ma Alex era serafico come sempre e sorrideva nel vedere il loro cane così pazzo di felicità.

"E a me Elisa, niente baci?"

Ma fu più una battuta che una vera richiesta di attenzioni. Si abbracciarono come si abbracciano due amici dopo un periodo di separazione ed il loro muoversi fu quello di due persone che sanno stare insieme, perché lo fanno da molto tempo.

Tornando però il loro meccanismo si rimise in moto e si ritrovarono a litigare perché Elisa non tollerava il suo approccio alla laissez-faire, che tradiva quello che per lei era un infido lassismo che peggiorava con l'età. Alex non aveva mai pianificato le cose per non trovarsi spiazzato, anzi. Attendeva la degenerazione per sentirsi in obbligo di affrontarle. E questo, da sempre, era fonte di profonde crisi.

Elisa non aveva voluto perpetrare la tensione ed, una volta a casa, si era dedicata a sé stessa disfacendo bagagli, facendo lavatrici, controllando il cellulare, aprendosi le mails, occupandosi di Laos senza più pensare ad altro ed Alex aveva deciso di tornare al lavoro.

Elisa sapeva di dover parlare e di dover confessare ma non riusciva a trovare il giusto approccio continuando a pensare a possibili scenari e probabili alternative che non lo offendessero ma gli facessero capire che, talvolta, i sentimenti possono prendere il sopravvento.

Si erano rivisti sul tardi, dopo che Eli era passata a farsi annoiare dalla madre con una serie di "torroni" senza fine, per prendere un aperitivo in Creme e per incontrare alcuni amici e raccontarsi gli ultimi eventi. Poiché Alex si alzava presto se n'era andato e lei era rimasta con Laos fino a tardi, rientrando dopo una corroborante passeggiata che le permise di dormire in tutta serenità.

La notte passò infatti senza sogni ed al risveglio si sentiva fresca e su di giri, anche perché avvenne con la magica leccata del buongiorno del suo Lao, che le chiedeva di occuparsi di lui.

Quel mattino scese ed andò in giro nel quartiere per fargli fare la sua lunga passeggiata e, poi, arrivata fino ai portici andò a farsi la colazione al bar ascoltando le ultime chiacchiere, alleggerendo ogni peso.

"Pronto?"

Il telefono era squillato nel bel mezzo di una surreale conversazione con un paio di mamme impazzite, per fortuna…

"Ciao, sono Mìchele, puoi parlare?"

Michele. Una botta alla bocca dello stomaco. Fortissima. Ma anche una violenta scarica di elettricità nel cervello.

"Si certo..ma dove sei?"

"In ufficio. Ti stavo pensando. Ho sperato fossi sola. Avevo troppa voglia di sentirti, perché io devo vederti. Io voglio vederti. Elisa, per favore, vieni a Torino. Troviamoci. Ti vengo a prendere in stazione, così ci confrontiamo, ci raccontiamo. Vediamo l'effetto che ci facciamo nelle nostre vite quotidiane."

"So che devo venire ma prima vorrei parlare con Alex, cercare di spiegargli cosa è avvenuto a Capo Verde. Tutta questa confusione non mi fa stare in pace e ed io non so vivere l'avventura e poi tornare alla mia vita come se niente fosse. Non sono una persona leggera. Anzi. E poi ti devo anche spiegare un po' di me, tu non conosci quasi nulla del mio passato, se non accenni superficiali."

"Valuta tu quando venire, ma vieni. Io mi faccio dare un giorno di permesso e vengo a prenderti al treno. Però prima di parlargli è meglio se ci vediamo, non credi?"

"D'accordo. Devo fare chiarezza e poi basta mentire."

Alex non meritava bugie. In quei lunghi ed atroci anni, dalla morte di Marco in poi, una maledizione aveva colpito le loro vite contaminando ogni sfumatura. Erano avvenuti molti, troppi episodi inspiegabili ed avevano dovuto far fronte ad ogni avversità e si erano alleati tenaci e forse, per questo, erano diventati più amici che amanti o innamorati.

Elisa aveva passato un'infanzia particolare, un'adolescenza triste anche se con Jo, che salvava, tutto era parso più lieve. Poi la Jo se n'era andata e lei aveva ricostruito le fondamenta con fatica. Le amiche storiche c'erano, a loro si erano aggiunte nuove persone simpatiche ed intelligenti ma purtroppo, il suo cuore non aveva più concesso a nessuno un livello così alto di intimità.

Aveva amato Carlo, ed aveva scelto un amore a metà. Aveva amato Max ma anche con lui, in fondo, non aveva mai veramente lasciato andare il cuore a briglia sciolta. Non si era mai assunta dei veri rischi, non si era mai obbligata a fare scelte coraggiose o radicali.

Poi era arrivato Marco che aveva spazzato tutto e le aveva fatto nuovamente credere in sé stessa, nella potenza dei sentimenti e nella gioia di lasciarsi andare senza pensare alle conseguenze, al domani. Ma Marco era morto.

Dopo essersi sentita soffocare nella disperazione aveva scelto, in modo razionale e scientifico, di non permettere più a niente e nessuno di prendere troppo sopravvento sulla sua parte razionale, perché non aveva più voglia di soffrire come aveva sofferto nel passato.

Aveva cambiato ruolo, pelle, lavoro perché non voleva più essere quella di prima. In nulla. E nel frattempo aveva spento una parte di sé.

L'incontro con Alex era avvenuto dopo quella fase ed era stato l'incontro di due superstiti, perché anche lui veniva fuori da episodi devastanti. Si erano annusati ed avevano deciso che potevano fidarsi l'uno dell'altra.

Elisa sapeva che non sarebbe più stata in grado di amare, ma sapeva anche di potergli volere un bene cristallino e puro, che avrebbe compensato altri vuoti. Ormai aveva abbandonato per sempre la sua parte folle, il suo lato oscuro. Alex aveva tentato di essere all'altezza ed aveva fatto tutto quel che sapeva per colmare i suoi abissi, con tutti i limiti del suo percorso umano.

Ma da quando si erano messi insieme la vita aveva riservato loro così tante prove che, nonostante i migliori presupposti, non erano riusciti a mantenere le promesse che si erano fatti e, soprattutto negli ultimi tempi, si erano allontanati.

C'era stata la morte della madre di lui, la malattia del padre di lei, la malattia della madre di lei, la perdita del lavoro di lei nel quale aveva investito molte energie, la morte del padre di lei, la malattia del padre di lui e tutto questo nel giro di 5 anni. Una costante dose di devastazione.

Pertanto avevano sbroccato, stavano sbroccando.

Per Elisa la perdita del padre aveva iniziato un percorso di autoanalisi e di bisogno di cambiamento. Con quella perdita aveva iniziato a chiedersi se fosse viva o se stesse simulando una parvenza di esistenza ed aveva capito che quel suo modo di essere con la vita c'entrava poco.

Suo padre era stato un uomo a tratti pesante come un macigno ma presente, responsabile ed indispensabile in mille circostanze. Una figura forte e silenziosa, un lavoratore instancabile ed un uomo in grado di fare qualsiasi cosa con risultati eccellenti, che si occupava di tutto senza grande enfasi ma con una costanza incrollabile. Lui era il suo odiato ed amato padre, ma soprattutto era il solo che lei considerava famiglia.

Dopo quell'evento luttuoso erano iniziate le crisi di panico, le fobie che le impedivano di fare cose da sola, che la paralizzavano continuamente e c'era la rabbia sorda, che la incattiviva e la imbruttiva ogni giorno di più.

Finchè non aveva capito che era già morta perché il non vivere od il vivere accecati dalla frustrazione e dalla collera equivaleva a sprecare ogni istante.

Elisa credeva in Dio, un Credo nato molti anni prima in situazioni avverse, ma in quel momento era senza Fede.

E così dentro di sé era nata una piccola ma inesorabile metamorfosi che l'aveva portata a scompigliare le carte, come era nel suo vecchio stile, come era nella sua autentica natura. Perché Elisa non aveva mai avuto paura di nulla nemmeno della morte, figuriamoci dei giudizi del prossimo o delle convenzioni.

Quel giorno aveva preso l'auto con Laos e si era ributtata nel traffico. Aveva guidato in tangenziale nel pieno del caos ed era andata da Ikea per fare un bagno di folla e ce l'aveva fatta. Poi era andata dalla direttrice della struttura dove prestava i suoi servizi di assistenza e le aveva chiesto di lasciar scadere il suo contratto,perché lei non aveva più intenzione di rimanere ma, soprattutto, aveva deciso che quel tempo era scaduto. Si era resa conto che quegli ambienti non facevano per lei: il mondo sanitario non poteva trasformarsi in una catena di montaggio dove le persone si trasformavano in corpi senza una personalità ed un'anima, per assenza di personale, professionalità o per ignoranza. La prevalenza di colleghe che facevano quel lavoro senza esserne degne, senza la minima passione e senza averne i meriti ad Elisa provocavano una sorta di repulsione: la stragrande maggioranza di coloro che avevano scelto quel mestiere era senza un vero valore. Uscita da quel posto si era apprestata a prendere il biglietto aereo per Capoverde e tutto era stato giocato.

Si era sentita leggera come una libellula e leggiadra come una farfalla.

Nella settimana successiva aveva spiegato ad Alex ed a sua madre il perché delle sue decisioni ma non era certa che avessero capito. Sua madre anzi, e come sempre, le aveva dato della rincoglionita e dell'egoista. Aveva ancora avuto qualche attacco di ansia ed il timore dei giudizi di coloro che vivevano attorno a lei ma poi, misteriosamente, una forza inaspettata le aveva dato il coraggio di uscire ed affrontare a testa alta qualunque commento. Inoltre, da quel momento, tutto aveva iniziato a girare nel verso giusto: Carlotta le aveva fatto sapere che l'accettavano come cooperante alla Simabò (associazione no profit che si occupa di cani da strada), le aveva confermato che sarebbero andate a conoscere Fra Silvio ed i suoi progetti, che si era organizzata per avere più tempo libero e farle conoscere l'isola a fondo ed i progetti che portava avanti con la sua Associazione. Avevano accettato la sua richiesta di disoccupazione e quindi, e per fortuna, avrebbe avuto qualche soldo al suo rientro. Un suo ex compagno di università le aveva proposto di scrivergli la tesi e quindi aveva anche qualcosa da fare che riempiva eventuali tempi morti ed i veri amici le stavano dicendo che erano felici per lei.

Quando si guardava allo specchio ritrovava la scintilla che l'aveva sempre animata.

Adesso però doveva affrontare tutto: doveva trovare un nuovo lavoro che le desse un senso e che la facesse sentire appagata. Doveva affrontare la sua storia con Alex e prendere finalmente una decisione in merito. Doveva rivedere Michele e capire se era un grande amore o una bella ed eccitante sbornia. Doveva ripartire con forza per far fronte a tutte le possibili delusioni, a tutti i momenti bui che sarebbe giunti con prepotenza, a tutte le difficoltà che avrebbe dovuto affrontare senza mai lasciar posto alla disperazione.

Perché la mente mente, diceva Osho e lei aveva deciso di vivere.

E vivere implicava coraggio. Coraggio ed incoscienza. Coraggio e forza. Coraggio e convinzione. Coraggio e Fede.

20 Anni Prima

"Buongiorno Don Bosio, come sta?

"E tu Elisa? Sei molto magra non trovi? Comunque, bando alle ciance, sono venuto a cercarti per chiederti un favore"

"A me? E' sicuro? Comunque è vero che sono magra, in questo periodo, più del solito. E' che dalla morte di Jo non ho molto appetito. Ma mi sto facendo aiutare. Stia tranquillo."

"Bene bene. Si un favore a te. Dovresti venire con noi a Lourdes. Mi servono delle braccia per portare degli ammalati ed, inoltre, ho una signora che ti vorrei affidare."

"Non s'offenda Don ma io non credo in nulla e non mi pare il caso di venire a Lourdes a rompermi le scatole con tutta quella misericordia.."

"Guarda che non ti ho chiesto di convertirti e nemmeno di Credere. Ti ho chiesto di dare una mano e siccome so, perché lo so, che fai volontariato da sempre, puoi venirlo a fare con me. Se non preghi a me non interessa. Dio preferisce le persone come te, schiette ma utili ed umane, piuttosto che tutti quei farisei che si riempiono la bocca di santità e poi agiscono come empi."

"Ma a Lourdes vincono loro. E poi preghiere e benedizioni tutto il giorno Don. Per favore.."

"Tu fai il tuo servizio e te ne vai e visiti, leggi, giri, cammini e poi torni. Cosa cambia se si chiama Lourdes o se sei in Malawi?"

"Vista da quel suo punto di vista non cambia molto. Il malato è malato. Il bisognoso è bisognoso. Potrei rischiare ma immagino che ci saranno i soliti farisei che non saprò trattare in modo benevolo. Accetta il rischio?"

"Ma certo. Dio ama l'audacia. Allora vieni?"

E così si era cacciata in un guaio, vestita come una deficiente e con tanto di cuffia in testa, in mezzo alle pie donne, su quello scomodo treno pieno zeppo di rincoglioniti e di esaltati di ogni età e di sfigati fondamentalisti.

Non ci poteva credere. Ussignur.

Per fortuna nel suo scompartimento c'erano alcuni elementi dotati di simpatia ed ironia ed un paio di colleghi spiritosi e non spirituali, con i quali aveva fatto subito comunella. Marco e Sere erano dirompenti e la fecero sbellicare raccontandole aneddoti spietatamente ironici. Inoltre, tra un servizio e l'altro, avevano avuto il tempo di mangiare pane e gorgonzola nel vagone cucina, di giocare a carte e di imparare alcune regole fondamentali per la sopravvivenza a Lourdes.

Dopo un viaggio senza fine, una notte di turno e un senso di sudore e umidiccio erano giunti a Lourdes alle 7.30, scoprendo con dispiacere di dover continuare il servizio fino alle 10.30, per scaricare tutto il treno.

"E sticazzi che sfiga, non mi aveva mica detto il Don che dovevo fare il mulo.."

"Elisa..chi sceglie di fare il barelliere passa dalla parte del lavoro nero… Siamo quelli che si fanno il culo dal mattino a sera.. Preparati e rassegnati. Ma ci divertiremo anche, credimi. Sarà un'esperienza che non potrai dimenticare.."

"Una pacchia che non vedevo l'ora di vivere…"

Con quel ridicolo grembiule azzurro e le calze che tiravano e la cuffia che faceva sudare lavorò sbuffando per le tre ore successive. Poi ci fu il tempo di andare all'albergo, diciamo similstamberga, per farsi una doccia e cambiarsi. Elisa dormiva con un'altra sorella di nome Sabrina, timida e gentile, che l'aiutò nella terribile vestizione. Abito bianco, calze bianche, scarpe bianche e quel velo maledetto che tagliava la fronte. Un incubo.

La stanza poteva andare bene per i lillipuziani e loro cercarono di fare il possibile per non sbattersi addosso. Quando entrambe furono pronte e si guardarono allo specchio non poterono smettere di ridere.

"Dagli abissi alla Santità in mezz'ora. Mio Dio che orrore, Sabri. Sono tutta naso.."

"Davvero…siamo oscene. Come si fa a trovare il coraggio per uscire da questa camera…"

Sere, Sabrina ed Elisa si recarono al Salus, sede Unitalsiana, per prendere consegna e fare pranzo. Elisa si sentiva fuori posto ed anche lievemente incazzata: scoprì che il suo turno partiva alle 5 con l'accompagnamento alle fonti di una signora con il cancro e poi, dopo colazione, si univa agli altri per portare le carrozzine od i barellati alle varie funzioni. Libidine. Praticamente, a parte qualche ora sparsa, era sempre di servizio fino alle 22. E sticazzi.

Stranamente invece i giorni passarono veloci. Il terzo giorno fu segnato da un incontro speciale ed imprevisto che la obbligò a riflettere e che la portò, per la prima volta, a sedersi davanti alla Grotta per osservare. Seduta in quel silenzio irreale incontrò sguardi luminosi e gioiosi, la maggior parte delle volte provenienti da persone malconce, umiliate dalla malattia, che non avrebbero dovuto ringraziare ma inveire. Invece quelle persone erano lì, beate, con una Grazia che li illuminava e li faceva apparire bellissimi.

Qualcosa le si sciolse dentro e pianse così tanto che molti le si fermarono vicini per farle coraggio. Lei che era sana come un pesce dovette farsi aiutare da coloro che il dolore lo percepivano ogni giorno. Alla fine però dovette ammettere che si sentiva così bene come da mesi non le accadeva più e fu il suo turno di ringraziare.

Per la prima volta non sentì il senso di colpa che la soffocava dal giorno della morte di Jo. Cominciò a restare per le funzioni, cominciò ad ascoltare le storie dei malati e dei "guariti" e fu grata a Don Bosio per quell'esperienza.

Inoltre si ritrovò, suo malgrado, a far parte di un gruppo coeso e goliardico, che le permise di alleggerire alcuni momenti forti e che le fu accanto per compartecipare a quelli emozionalmente tosti.

L'ultima sera successe anche un piccolo miracolo. Ritrovò un amico che non vedeva da prima del Kenya e che credeva stesse ancora vivendo a Zanzibar. Era parte di uno spettacolo di una comunità di ex tossici e lei davvero non capiva cosa ci facesse lì in mezzo. Alla fine dello spettacolo creato per i malati, lei lo raggiunse.

"Cosa ci fai vestita da suora a Lourdes?"

"Cosa ci fai in mezzo ai tossici?"

E così lei e Franco si raccontarono le loro ultime notizie. Franco si era bucato per quasi tre anni ed aveva pippato cocaina per sentirsi un supereroe, finché non era diventato uno zombie pieno di merda. Per fortuna sua sorella gli aveva dato una mano e lo aveva accompagnato in quella comunità. Da un paio di mesi era a Lourdes ed aveva deciso che quello era il posto dove sarebbe rimasto a vivere. Lei gli raccontò di Jo, del rientro e del periodo pieno di nulla che stava vivendo, spiegandogli che la sua venuta lì era stata il frutto di un caso.

"Dio non agisce mai per caso Elisa. Quando scioglierai il tuo cuore e gli permetterai di agire scoprirai che Lui non agisce mai senza una logica. Io sono felice qui e sono felice di averti ritrovata. Facciamo in modo che non sia stato inutile."

Fu davvero un grande dono che portò un altro affetto nella sua vita, affetto che fu un nuovo mattone per la ricostruzione della sua esistenza.

Oggi

Stava scendendo a Porta Susa.

Elisa indossava una maglia blu morbida su dei jeans scoloriti che le fasciavano i fianchi in modo carezzevole e le Moma blu preferite. Una maglia a V sulle spalle, una tracolla ed i capelli nel solito cespuglio. Tocco di colore il foulard attorno al collo.

Il cuore batteva a mille, la mani erano sudate, la respirazione scarsa, la salivazione nulla.

Michele indossava una polo a maniche lunghe verde che metteva in risalto i suoi occhi, i capelli erano cortissimi, i jeans scassati e nei piedi delle vecchie All Star blu.

Rimasero fermi, a pochi metri di distanza, mentre i fuochi d'artificio del loro sguardo scoppiavano tutto attorno a loro. Si osservarono per qualche istante immobili.

Poi Michele le fu addosso: accarezzandola, baciandola, sussurrando parole inutili.

"Andiamocene Eli, troviamo un posto, un posto nostro per racchiuderci.."

"Ma un posto dove, qui c'è il mondo che passa.."

"Ci basta una panchina sotto un albero, cerchiamola.. Dio quanto mi sei mancata, quanto sei bella, quanto mi piaci, quanto sono felice.."

La prese per mano e la trascinò in via Cernaia.

Elisa sorrideva, coinvolta da quella gioia infantile e trascinante, sconclusionata, pur sapendo che era partita per parlargli, per raccontargli, per chiarirgli dei punti fondamentali.

Ma tutto il suo pianificare si perse tra le mani, i sussurri, l'euforia.

Trovarono una panchina in un piccolo parco e si sedettero uno di fronte all'altro ma le parole uscivano incasinate perché troppo era il desiderio che emanavano i loro corpi, troppa era la voglia di starsi attorno, troppa la fame di labbra e lingue.

"Prendiamo una stanza Elisa. Mangiamoci, portiamoci via questa ingordigia. E dopo, satolli, parliamo. In questo momento io non so ascoltare le tue parole, ma solo la tua energia, solo il tuo profumo, solo quello che sento a livello tattile. Perdonami Elisa ma ti desidero troppo."

Elisa avrebbe voluto comportarsi a modino, essere la solita brava persona che fa la cosa giusta ma non ce la fece. Non volle dire di no.

"Fanculo, facciamolo."

Presero una camera in un albergo nei pressi e salirono emozionati. Non appena si chiuse la porta Michele iniziò a spogliarla e mentre lo faceva non smetteva di toccarla, leccarla, sfiorarla con la bocca per farla vibrare e contorcersi ed appassionarsi. La coricò sulla scrivania e la bevve tra le gambe senza darle il tempo di fermarlo ed il primo piacere l'avvolse e la fece urlare.

"Mio Dio..Mio Dio Michele… è bellissimo. Non ti fermare.."

Lui la spogliò totalmente ed iniziò a perlustrare il suo corpo con baci, dita, lingua senza mai smettere di guardarla. Lentamente si spogliò e poi entrò in lei con forza che divenne dolcezza e ancora foga e continuò a giocare con lei finché si ritrovarono in terra, esausti e travolti da un orgasmo violento, che li lasciò inermi e spossati per qualche secondo. Quando Michele uscì dal suo corpo era l'emblema della felicità.

"Ti amo Elisa. Io voglio stare con te. Ogni giorno. Lascio Steffy perché intanto non provo più quel che dovrei. Quel che sente per te è talmente coinvolgente da non lasciare spazio ad altro."

"Aspetta. Michele aspetta. A letto, nel sesso, siamo davvero eccezionali. Abbiamo un'intesa incredibile. Ma nel quotidiano? Tu non sai quasi nulla di me, ed io non so quasi nulla di te. Non conosco il tuo mondo, le tue abitudini. Non ho mai visto la tua casa, non so chi siano i tuoi amici. E per te è lo stesso. Io ho un carattere orribile e la mia anima è piena di cicatrici …"

"Io so quello che mi basta Elisa. Io so che da qui posso partire. Il resto me lo giocherò strada facendo."

"Ma non funziona così. I due cuori ed una capanna fanno parte di una letteratura romantica che poco ha a che fare con la realtà. Io ho mille nevrosi e sono anche fragile. E' il quotidiano che uccide, che annienta. Ognuno di noi è frutto di una serie di esperienze. Adesso c'è lo splendore..ma dopo chi lo sa. Correndo rimarremo presto senza fiato. Io non so buttarmi a capofitto come un kamikaze. Sono una donna pragmatica. Qui viviamo in un mondo parallelo, ma qual è la nostra realtà?"

"Giusto. Ma invece della catastrofe possiamo vedere la luce? Ci siamo conosciuti in un contesto duro Elisa. Abbiamo dormito in una cazzo di casa senza acqua, abbiamo mangiato quel che portava ed abbiamo camminato al limite della terra. Non al Marriott vestiti come due pinguini. Poi ci siamo rivisti e rivisti. I nostri sensi si sono riconosciuti prima della nostra testa e quindi? Il nostro istinto ha prevalso sulla ragione, è un peccato? Non credo Elisa. E' vero io sono maschio: ho sempre voglia di te, ti penso in continuazione. Ma non ho SOLO VOGLIA DI TE. Io ascolto quel che dici, io sento quel che racconti. Ho visto come ti muovi e ho ascoltato le tue opinioni. Ti ho vista in più contesti e mi sei piaciuta. Puoi accettare che io mi sto innamorando di te?"

"Anche io mi sto innamorando di te. Ma correre per me è impossibile. Inoltre io devo mettere a posto la mia vita. Che non è solo Alex. Con lui naturalmente devo parlare e lo farò ma so che non sarà terribile, perché noi siamo molto complici e sappiamo capirci al di sopra di tutto. Io ho buttato all'aria tutto prima di partire. E l'ho fatto perché volevo, finalmente, essere anche una persona realizzata facendo un mestiere che mi piace. Volevo ripartire da me. Questo non significa che tu non abbia uno spazio e che io non voglia credere nella possibilità che ci sia un noi, perché è quello che desidero più di qualsiasi altra cosa. Ma io sono più importante di tutto in questo momento ed io devo darmi una mia personale gioia. Altrimenti poi fotterò tutto il resto. Questo ti è chiaro?"

"Si, e mi sembra ragionevole. E visto che per te è fondamentale conoscersi e sviscerare ogni dettaglio, considerando quanti anni abbiamo, è meglio se adesso ci rivestiamo, troviamo un posto qualsiasi per mangiare e iniziamo a raccontarci tutto quel che ci viene in mente. Almeno tu, tornando a casa, sarai più tranquilla perché avrai appagato anche la tua sete di sapere, di ragionare, di razionalizzare. Va bene?"

"Va benissimo. Grazie."

"Elisa, guarda che io non ho voglia di giocare. Non sono il tipo che si diverte a raccontare stronzate. Fidati di me. Elisa. Fidati."

Uscirono nel sole e lui la portò in un localino basico, nei pressi dell'università Palazzo Nuovo, in una traversa di Via Po, dove si sedettero ad un tavolino fra gli studenti, all'aperto, ed iniziarono a scrivere la storia della loro vita.

Una manciata di anni prima

"Elisa, porca troia, sembri un'anoressica. Mi spieghi cosa ti stai facendo?"

"Max, non mi attaccare e stai calmo. E' che io non ho più voglia di vivere. Sono stanca di combattere, di investire e rimanere con le mani vuote, di provarci. E' tempo di lasciare."

"Ma ti sei bevuta il poco cervello che Dio ti aveva dato?"

"Analizza Max: ogni cosa io abbia davvero desiderato si è dissolta. Ogni cosa che io ho progettato è stata distrutta. Ogni via presa si è rivelata coperta di rovi e mi sono tagliata ovunque. Ovunque. E' come se io fossi maledetta. Maledetta. Io mi impegno tanto, e tu lo sai. Io mi butto con entusiasmo ed ottimismo, perché sono sempre stata tenace. Una combattente. Ma la vita è più forte di me. La sfiga mi soffoca. E questa volta io mi sono arresa. Basta."

"Elisa, basta lo dico io. Tu sei la donna più forte e determinata che io abbia mai conosciuto. Ogni volta hai saputo risorgere e diventare più bella e migliore. Hai saputo reinventarti senza perdere la tua integrità, il tuo dentro. La visione che ho di te è opposta: tu sei stata una che sa creare. Tu sei eccezionale. E non te lo dico perché ho avuto la fortuna di amarti e di essere amato, di averti al mio fianco per alcuni anni. No. Lo dico perché ti conosco da molto tempo ormai e so tutto di te. Tutto quello che c'è stato e che hai subito e che hai vissuto. Se hai incontrato dei deficienti che ti hanno criticato o contestata, se hai una famiglia di cerebrolesi che ti buttano addosso la loro pochezza non conta, perché poi è sempre da te che tutti corrono. E tua madre: il rapporto va a scendere.. se lei non ha saputo farsi amare da te,o non sa farsi rispettare e ritiene che tu sia una figlia indegna, dovrebbe guardarsi allo specchio e chiedersi che tipo di madre è stata lei, cosa ti ha trasmesso nel corso degli anni, cosa ti ha dimostrato, cosa ha preteso e quanta roba ti ha lanciato sulla schiena. Se è frustrata e la sua vita le fa schifo non può accusarti di essere parte del suo fallimento. Se lei ha fallito cazzi suoi. Dovrebbe volere la tua felicità, combattere per farti avere una vita migliore ed essere sinceramente appassionata del capolavoro che sei diventata invece di trovare sempre il modo per denigrarti. Elisa, probabilmente sei solo un po' esaurita. Prenditi del tempo. Stacca la spina. Sii meno esigente con te stessa. Accetta i tuoi errori ed il tuo limite. Prendi me: se fra noi non ha funzionato è perché io sono un coglione. Non perché tu non lo meritassi. E poi: tuo padre che non sta bene da qualche tempo, il lavoro che sta andando a ramengo per la crisi che ci sta attanagliando, il futuro incerto, l'università che hai scelto di portare a termine. Basta. Respira. Vai da tuo padre quando riesci e lui capirà. Lo sai che ti ama e ti stima. Vivi la tua vita con pacatezza."

"Grazie Max. Il problema è che quando io mi guardo allo specchio vedo soltanto una brutta persona. Sento quel che tu mi dici ma dentro si perde nei meandri delle mie frustrazioni. Io mi vedo fallita, inetta, triste, fuori dalla logica che rende le persone capaci di giocarsi bene la vita. La maggioranza della gente alla mia età è arrivata, ha raggiunto degli scopi, è a meta: nella famiglia, nel lavoro, nel privato, nel sociale. Io non sono riuscita in niente. NIENTE."

"Hai cambiato lavoro e ti sei presa un nuovo diploma per essere all'altezza. Che colpa ne hai tu se chiudono i servizi? Fra un anno ti laurei, senza aver perso un esame. Lavori, pur nel precariato. Segui tuo padre in ospedale. Quando è morto Chow che era nella tua vita da 14 anni hai perso un altro amore immenso. Ti sei occupata dei poveri, degli indigenti, dei bambini del mondo, del canile. Corri come una mosca impazzita e per perseguire questa tua parte di servizio ti sei accontentata di vivere con mille euro al mese. Ma non hai debiti e vivi in un appartamento piccolo ma grazioso che ti sei comprata. Hai permesso di studiare ad un ragazzino in un paese ai limiti. Certo non sei una manager, ma non sei arrivista baby, come avresti potuto? Per arrivare in vetta bisogna uccidere e tradire. Tu come avresti potuto? Certo, non hai figli ma, diciamocelo, non li hai mai veramente voluti. Certo, hai un compagno che ti vuole bene ma non è l'amore, ma l'amore tornerà ad esserci. Io te lo ripeto: sei stata molto amata. Perché sei una persona, una donna straordinaria. Rompicoglioni ma unica. Io ti vorrò bene per sempre meraviglia. E tifo per te."

"Io vorrei vedermi coi tuoi occhi. Io vorrei smetterla di piangere. Di sentirmi una mentecatta, di soffocare. Vorrei dormire e sognare. Vorrei ridere e godere. Vorrei essere viva. Perché cazzo io ho la vita ma non riesco a viverla. E questo è profondamente ingiusto considerando quante persone stanno lottando per restare in vita. Io sto vegetando e sono piena di angoscia. La donna di cui tu parli è volata altrove. La persona rimasta è umiliata, triste, abulica, apatica,inutile."

"Elisa io sono qui. E ti sto guardando, e ti sto parlando. E ti sto vedendo. Tu sei qui. Tu non puoi essere altro. Quando cammini la tua energia si manifesta. Tu hai un tuo stile, hai una classe innata, sei piena di argomenti perché sei intelligente. Capisco tu stia male, perché non sei wonder woman e meno male. Sei solo umana. Magari riprendi una terapia, magari è tempo. Ma tu non sei inutile Elisa. E non sei sola. Chi ha saputo volerti bene te ne vorrà per sempre."

"Grazie Max." e rimasero seduti a guardare il fiume.

Oggi

"Sono figlio unico. Viziato e coccolato. Fortunato direi. I miei vivono a Lanzo e stanno benissimo. Mi hanno avuto prestissimo, a 20 anni, ed adesso si godono la vita. Sai, loro sono in pensione, hanno potuto andarci dopo 35 anni di lavoro. Mia madre era un maestra elementare, mio padre era un tecnico Enel. Ogni tanto partono e vanno a farsi un viaggio. Mi hanno insegnato ad essere indipendente fin da ragazzo. Dopo il liceo classico ho fatto l'università a Torino, lingue e letteratura e mi sono laureato in portoghese col massimo dei voti. Poi sono partito per Lisbona dove ho trovato subito lavoro come traduttore. Sono rientrato perché mi mancava Torino ed ho fatto un po' di cazzate, fintanto che non ho trovato un lavoro serio per la Dayco e sono partito per il Brasile. Tre anni fa mi hanno assunto in Slow Food e sono rientrato. Ho subito cercato casa a Torino e mi sono preso un appartamento in San Salvario. Adesso la zona è carina ma prima lo era meno, cosa che mi ha conquistato proprio perché mi ricordava il mio periodo brasiliano. Ho conosciuto Steffy poco dopo ad una cena a casa di vecchi amici. Dopo due mesi vivevamo già insieme. Tu penserai che io corro sempre e che sono troppo impulsivo, forse è vero ma quando sento che una cosa vale la pena non ritengo serva perdere del tempo. Comunque Steffy è la prima donna con la quale convivo. Steffy è fragile e dolcissima, forse un po' viziata perché è di ottima famiglia, coccola del padre, notaio importante. Vivere con lei è stato facile. Stessi gusti, stesse abitudini, stesse passioni. So cosa pensi: cosa cazzo c'è di complicato quando non si hanno mai dovuto affrontare problemi o casini e quando la strada è spianata? Puoi aver ragione, ma prima di incontrarti per me questa era la normalità. Comunque: io e Steffy non abbiamo mai litigato ed io mi sentivo l'uomo più fortunato del mondo. Ho un ottimo lavoro, ho una casa bellissima: il mio appartamento è molto luminoso ed io dentro l'ho completamente stravolto facendone un luogo ipercomodo. Si potrebbe definire una favola perfetta, no? Ed invece io adesso mi sento soffocare. Quella casa arredata in modo impeccabile mi sembra finta. La mia donna che non esce mai di casa se non è perfettamente truccata, che va dalla parrucchiera ogni settimana per avere capelli in ordine, sempre vestita in modo ineccepibile mi sembra una bambola. Abbiamo sempre fatto serata nei locali più cool, a cena nei migliori ristoranti, amici selezionati. Tutto questo adesso mi sembra finto, recitato, noioso. Mediocre."

"Ho un fratello col quale non sono mai andata d'accordo. Mi ha sempre trattata malissimo, presa a parolacce e botte. Mio padre era un uomo silenzioso, che lavorava come un mulo in fabbrica ed in campagna. Sapeva fare qualsiasi cosa al meglio. Era un genio assoluto della manualità. Però non ha mai saputo imporsi con sua moglie, che ha viziato in modo assurdo considerando che lei non lo ha mai amato. E nemmeno con suo figlio ha fatto un gran lavoro. E forse nemmeno con me. Io gli ho sempre voluto un bene immenso ma ho anche litigato con lui continuamente. Anche se ci siamo sempre raccontati tutto con sincerità. E' morto un anno fa e mi manca molto. Perché era la sola persona sulla quale potevo contare sempre. Mia madre ha lavorato in fabbrica, come mio padre. E' una manipolatrice che cerca di lavorarti ai fianchi inculcandoti sensi di colpa. Si è sempre fatta i fatti suoi, ha avuto altri uomini, in casa faceva l'indispensabile perché intanto c'era papà che si occupava di quasi tutto. Ama leggere e questo è la sola eredità che mi ha lasciato. Per lei non provo amore ma solo senso del dovere che, dopo la morte di papà, è aumentato visto le promesse fattegli. Ho qualche buon ricordo e molto dolore. Sono cresciuta con lo stretto indispensabile. Superiori in un convitto in città e diploma in lingue. Alla fine delle superiori sono partita per fare le stagioni negli alberghi. Avevo bisogno di stare lontana da tutto. Sono cresciuta incazzata, ribelle, insicura. Ho trovato grandi affetti fuori dal mio contesto famigliare che Dio mi ha tolto. Negli ultimi anni ho smesso di sognare, di credere in me stessa. Ho condotto un'esistenza grigia ed incolore, abulica. Negli ultimi tempi ho sofferto di crisi di panico ed ansia. E ho dato un calcio a tutto. Pertanto sono una fallita. Il tuo esatto opposto. Sono partita per ritrovarmi. E mi sono ritrovata perché sto meglio e sono più serena, sebbene ancora disoccupata. Convivo con Alex da un po'. Lui è un uomo semplice, buono, lineare. La nostra casa è piena di mobili riciclati o comprati da Ikea, molto colorata e piena zeppa di libri. Non è elegante ma accogliente e calda. Io ed Alex non abbiamo molti interessi in comune, ma amiamo gli animali, la terra e siamo entrambi volontari in canile. Non frequentiamo gli stessi amici, anche se alcune mie amiche escono con noi. Usciamo spessissimo da soli con Laos. Le nostre passioni però le coltiviamo individualmente. Non c'è mai stata passione, ci siamo sempre stimati e voluti bene. Siamo passati attraverso l'amicizia. Io uscivo dalla morte di Marco e lui dalla separazione con la sua ex. Agli inizi ci divertivamo molto di più ma negli ultimi tempi siamo più amici che coppia. La vita ci ha provati in mille modi e ci siamo persi. E poi ho visto te e mi hai colpita da subito. Mi hai scombussolata ed ho iniziato ad agire di pancia ma ora devo prendere una decisione. Perché tu mi piaci molto ma, adesso che ti ho sentito raccontare della tua vita, io credo di non c'entrarci nulla. E poi ho Laos, il nostro cane, che adoro. E alcuni impegni famigliari che sono tassativi. E sono un'abitudinaria, quasi psicotica. Ho paura di fare la cosa sbagliata, di correre nuovamente dietro ad un sogno che mi si sbriciolerà tra le dita. Ho il terrore di rovinare tutto per poi ritrovarmi fra sei mesi a pezzi e definitivamente demolita. So di sentirmi legata a te, di volerti al mio fianco sempre, ma mi racconto che si tratta di attrazione, di un fatto fisico che poi scomparirà nel quotidiano. Inoltre avevo deciso che sarei partita da me per trovarmi un lavoro che davvero mi faccia felice ed ora.."

"Ti difendi. Io ti amo Elisa ma so come ti senti. Io però so che dovevamo incontrarci, che era scritto altrimenti come diavolo avremmo potuto conoscerci in un'isola sconosciuta a quasi tutti?"

"Ok, ma tu cosa pensi di fare?"

"Io parlerò a Steffy. Lei si è resa conto che qualcosa è cambiato. Che io sono un uomo diverso. Poi non so cosa accadrà. Quella è casa mia e quindi suppongo che lei se ne andrà. Il mio lavoro mi piace un sacco e quindi anche quello resta.."

"Anche io devo parlare con Alex. Noi siamo già in crisi per tante cose ma la vita è molto complicata per noi in questo momento. La casa è mia ma lui non può andarsene ed io non ho intenzione di chiederglielo, proprio per questo affetto immenso che mi lega a lui. Inoltre io non so ancora dove andrò a lavorare e quindi non so proprio come sarà il futuro.."

"E quindi? Cosa facciamo? Tu resti a vivere con un altro uomo nonostante tutto? Perché avete un cane, perché lui adesso non può andarsene, perché lui ha dei problemi che nemmeno mi dici??"

"Michele io non so cosa aggiungere. In questo momento non ho la soluzione. Sono in balìa degli eventi e, dopo anni, voglio provare a vivere alla giornata. Ti avevo detto che tutto era molto più complicato di quel che appariva. Io sono felice, in questo momento, con te. Vorrei congelare questo momento e sperare che duri per sempre. Ma la realtà è un'altra e dobbiamo saperlo. La tua corsa dovrà trasformarsi in una passeggiata. Affrontiamo un passo alla volta. Parliamo coi nostri compagni e vediamo cosa succede. Io nel frattempo sto mandando curriculum in giro e spero che qualcuno mi dia un'opportunità. Nel frattempo anche Alex metterà a posto le sue cose. Per Laos la faccenda è differente. E' il nostro cane e lo adoriamo entrambi. Dovremo agire in modo che lui non ne risenta ma certo non rinuncerò a lui."

"Va bene. Tenterò di non assillarti e di fidarmi del mio cuore e di te. Facciamo come dici tu. Parliamo, affrontiamo e stiamo a vedere.."

Un mese dopo

"Come sarebbe a dire che hai accettato un lavoro a Vienna?"

"Michele, tu lo sai che stavo cercando di trovare il mio posto al mondo. Non potevi davvero credere che avrei gozzovigliato a vita. E poi ti avevo detto che il mio sogno era partire e provare a vivere per un po' fuori. E' un contratto di un anno. Un'esperienza che mi permetterà di riprendere a parlare e migliorare il tedesco e di darmi nuovi crediti spendibili per il mio futuro. Mi trasferisco ad agosto. Alex viene con me per darmi una mano. E so che anche questo ti farà incazzare.."

"In questo mese è andato tutto storto. Io.."

"Benvenuto nel mio mondo amore.."

"Non far la spiritosa. Quando ho parlato con Steffy non mi aspettavo che si facesse prendere da una crisi di nervi e che rifiutasse di andarsene. Sono state tre settimane di merda. Ridotti a vederci in un alberghetto come amanti clandestini. Perché tu continui a vivere con Alex ed io con Steffy. E adesso mi dici anche che stai per andartene a Vienna, come niente fosse, ed io dovrei essere contento? Se non fosse perché sei la persona più intrigante del pianeta ti avrei già mandata a quel paese… Ma perché Alex viene con te?"

"Lui ha un mese di ferie. Ho trovato un appartamento ammobiliato fighissimo tramite l'università. Ho già contattato il tizio che mi ha mandato le foto e sono innamoratissima di questo posto. Però mi devo portare un fracco di roba e devo anche vedere come si abitua Laos. Ho un terrazzo di 45mq, in parte coperto con una vista mozzafiato. Sono a due passi dalla facoltà di scienze politiche dove avrò il mio corso e sono nel distretto 1, quindi in pieno centro. La persona che me lo lascia va a lavorare per un paio di anni negli Stati Uniti e voleva qualcuno di assolutamente affidabile. Per questo è completamente ammobiliato. E' un'occasione unica, un colpo di culo pazzesco ed io me lo facevo scappare?? Ed è stato tutto veloce, non te l'ho detto per scaramanzia."

"Tu mi farai diventate pazzo.."

"Michele..ascoltami. Alex non ha fatto scenate. Semplicemente mi è rimasto vicino come un buon amico. E in questi anni questa parte è sempre stata preponderante. Tu hai le ferie a settembre. Il fatto che mi dia una mano per me è una manna dal cielo."

"Ma cazzo. Tu vai via. Lontanissima e noi non abbiamo nemmeno ancora iniziato a viverci la nostra storia come avrei voluto…"

"E' colpa mia se la Principessa non ha ancora levato le tende? Cosa avrei dovuto fare io? Tu mi stai dicendo che ha capito, che sta metabolizzando ma di fatto vivete ancora insieme. Io ho avuto quest'occasione. Vado ad insegnare italiano in una facoltà in Austria. E quando mi ricapita? Avevo risposto ad un annuncio e non avevo più saputo nulla. Di punto in bianco mi contattano, faccio il colloquio su Skype e va bene. Mi richiamano e mi dicono che cosa possono offrirmi ed è un'offerta meravigliosa. Avrò molto tempo libero per potermi dedicare al mio studio della lingua tedesca, per star dietro a Laos che verrà da me a partire da ottobre. Sarò in un ambiente internazionale e motivante.. Io e te stiamo vivendo una storia astratta. Potremo vederci. A settembre starai da me e faremo le nostre prove di convivenza in un ambiente neutrale e stimolante.. Sei tu quello del prendi e vivi quello che arriva.."

"Si si..è vero. Però permetti che mi girano le palle se sarà Alex a venirti appresso nel tuo momento di Gloria? Permetti che sia abbastanza contrariato per il fatto che quando sembrava che finalmente avresti potuto trasferirti qui tutto vada a ramengo?"

"Ma abbiamo ancora un po' di tempo per stare insieme e per goderci i nostri momenti. Io parto ad agosto. Mancano tre settimane. Io farò il possibile per vederti sempre. Cos'atro ti aspetti che faccia?"

"Non lo so. In questo momento vorrei che fossi qui davanti a me."

"Ok. Domani sono da te, davanti a te, sopra e sotto di te. Ovunque."

"Ho un appartamento per noi. Me lo presta un mio amico. Staremo insieme per tre giorni e ti faccio morire. Ti prosciugherò. Dio Elisa. Tu continui ad essere così tanto in me che talvolta mi manca il fiato. Quanto ti amo Elisa. Tu non puoi capirlo. E comunque per risponderti a quel che mi hai detto prima: io dormo sul divano. Fra me e Steffy non c'è più stato nulla. Te lo giuro. E lei davvero ha detto che si sta organizzando. Lo ha capito. Lo ha sentito. Lo vede."

"Un appartamento per noi… allora finalmente mi farai vedere quanto sei bravo in cucina… non vedo l'ora di viverti in ogni istante.. Sono davvero felice. E' tutto magico. Sono al settimo cielo."

Elisa e Michele stavano attraversando una fase cruciale. Entrambi avevano confessato ogni cosa ai loro fidanzati. Alex aveva incassato con apparente disinvoltura quel che lei gli aveva raccontato. In fondo se lo aspettava. E da quel momento aveva iniziato a comportarsi in modo ineccepibile. Ognuno dormiva in una stanza separata. Avevano ritmi di vita diversi già prima e non c'erano stati molti cambiamenti da apportare. Il loro più profondo legame era Laos, che non aveva subito conseguenze.

Per Michele era stato tutto più complesso. La sua donna si era disperata, aveva pianto ed aveva implorato. Aveva minacciato e ricattato. E poi aveva finto una resa. Ma non si era ancora tolta dall'appartamento, che aveva una sola stanza e continuava a campare scuse per perpetrare quella messinscena. Quando si erano rivisti, per il loro primo week end insieme lo avevano dovuto fare in un residence che Michele aveva preso. Era stato un fine settimana molto selvaggio.

Michele ed Elisa avevano fatto i turisti innamorati per le vie di Torino ed avevano fatto l'amore in tutti i posti che avevano trovato. Persino nel bagno del ristorante dove avevano cenato la prima sera. La loro passione era talmente trascinante che li coglieva e li ubriacava inaspettatamente. E loro si davano. Con libertà e disinibizione, senza mai pensare al mondo, fregandosene degli altri. E si divertivano. E ridevano come dei matti.

Avevano scoperto di amare gli stessi posti e gli stessi films. Amavano l'odore dei libri e perdersi nelle librerie in cerca di qualche nuovo romanzo o autore inedito. Si perdevano l'uno nell'altra senza mai davvero affrontare il loro presente. Come se, quel loro stare insieme magico ed incantato potesse annullare tutto il resto. Elisa non aveva mai fatto commenti su Steffy anche se la situazione non le piaceva. Al contempo non aveva mai nemmeno affrontato l'argomento della sua ricerca di un nuovo lavoro. Non voleva che il poco tempo che condividevano venisse sporcato da fatti estranei.

L'ultimo week end lo avevano trascorso in un posto speciale per Michele. Avevano preso una piccola stanza in un alberghetto di montagna ed avevano fatto lunghe passeggiate, facendo l'amore sulle rocce ed in mezzo ai prati. La loro intesa migliorava di volta in volta e la scoperta del loro piacere non aveva mai fine. Michele aveva un modo di osservarla e farla sentire bellissima che la seduceva senza riserve.

L'idea che potessero però passare tre giorni in un appartamento sarebbe stata la loro prima volta in una circostanza più simile alla convivenza e questo aveva reso Elisa soddisfatta e curiosa.

Potersene stare in casa a leggere insieme, a cucinare, a guardarsi un film sul divano era qualcosa che aveva sempre sperato.

Quando arrivò a Porta Susa lui era già lì. Aveva una camicia bianca che gli stava da Dio. Ogni volta si chiedeva come fosse possibile sentire quel tuffo al cuore e quell'emozione che le bloccava il fiato. Ma quando sentì le sue braccia avvolgerla e le sue labbra baciarla credette di svenire.

L'appartamento era piccolo e confortevole. Vi era una zona giorno divisa da un bancone con un divano morbidissimo ed una vetrata che dava su un bel terrazzino che faceva scorgere un pezzo della Mole ma Michele non le permise di vedere altro perché le fu addosso e si presero sul tappeto senza nemmeno spogliarsi completamente. L'estasi che le faceva provare era assoluta. Si spostarono nella camera da letto perché Michele doveva mantenere la promessa fatta: e la bevve e leccò fino a farle provare più di un orgasmo, fino a che non la vide spossata, languida e pulsante sotto le sue dita.

"Sei sazia amore mio..perchè io avrei ancora un paio di idee.."

"Michele.. io resto tre giorni, non dobbiamo ucciderci nelle prime tre ore..
"

Ma lui ricominciò a leccarle il clitoride facendola, incredibilmente, impazzire ancora e poi si rinfilò in lei con una lentezza provocante che la esaltò fino a farla urlare e tremare di piacere.

"Ti amo Elisa. Tu sei tutto quello che non avevo osato immaginare. Io non voglio perderti. Hai capito? Io non posso perderti. Ti ho cercata tutta la vita senza saperlo. E ti ho trovata adesso. Ed è stato il tempo perfetto. Perché avevo già fatto i miei sbagli e le mie stupidaggini. Ed avevo già vissuto. Ho la maturità perfetta per apprezzare ogni momento che condividiamo. E adoro anche il tuo carattere spigoloso e permaloso. I tuoi silenzi. La tua indipendenza. E poi amore.. Io sono fiero di te. Mi mancherai quando sarai a Vienna ma sono fiero di te. E ogni volta che potremo stare insieme sarà speciale e la voglia di te sarà ancora più immensa. "

"Mi farai morire di infarto.. ti ricordo che ho una certa età.."

Si coccolarono ancora e poi insieme fecero la spesa e tornarono a casa. Cucinarono mezzi svestiti e si fecero i dispetti e si persero in nuovi giochi e poi si addormentarono abbracciati sul divano mentre guardavano una commedia idiota. Il mattino dopo si fecero il bagno insieme e lui le passò la crema sul corpo come fosse un gioco erotico e anche questo fu magnifico. Poi si vestirono ed andarono a visitare il Museo Egizio e si persero nella magia di quel luogo. Nel pomeriggio andarono per negozi e Michele le regalò un completo intimo ed un abito trasgressivo per la loro cena hot, come lui l'aveva definita. La portò in un locale in collina dove lei scintillava. Aveva l'abito con la profonda scollatura nella schiena che le aveva preso, lievemente trasparente e provocante che le valse molte occhiate ammirate. Michele passò la serata a stuzzicarla tanto che si trovarono a consumare il loro piacere su un muretto nella notte. Tutto fu assolutamente perfetto. Era come se lui sapesse leggere nelle sue più torbide fantasie.

Ottobre

"Ciao Lidia.. che bello sentirti. Ricordati che mi hai promesso di venire a trovarmi e di portarmi Anna.."

"Allora, come sono andate le prove di convivenza?"

"Diciamo bene? Quando è arrivato era sulle sue. Sai, Alex era stato qui con Laos tutto il mese di agosto e lui era geloso. Sembrava un segugio che cerca tracce in giro. Pertanto il primo giorno non è stato esattamente come me lo sarei aspettato. Poi si è rilassato. Mi accompagnava a lezione, sia quando insegnavo che quando andavo a tedesco. Si è trovato subito cose da fare e vedere nel tempo che non c'ero e mi ha detto che Vienna piace molto anche a lui. Si respira un'aria intellettuale ed educata da queste parti. Io la adoro, ma non credevo sarebbe piaciuta anche a lui che ha amato il Brasile e che adora il suo quartiere multietnico e caotico. Invece.. I nostri ritmi si sono ben incastrati. Beh la prima settimana è stata molto calda, sesso dappertutto e molta voglia di prendersi e di esagerare. Poi, lentamente, ci siamo calmati e, sebbene tra noi sia sempre molto coinvolgente, siamo stati meno selvaggi. Abbiamo trovato un buon equilibrio. La casa gli è piaciuta un sacco ed anche il mio quartiere. Per ora non ho l'auto e quindi ci siamo sempre spostati coi mezzi che qui funzionano bene. Siamo stati sulla collina di Kahlenbergen a goderci la vista mozzafiato, ed abbiamo mangiato nel ristorante sulla terrazza. Poi siamo andati sulla collina di Leopoldsberg, dove c'è una graziosa chiesetta e le rovine della fortezza di Babenberg. Infine abbiamo girato anche nel Wienerwald, dove ci sono boschi e laghetti, dove abbiamo fatto un pic nic, romanticissimo e sensuale. Eh eh. Siamo stati nell'isola sul Danubio, la Doinauinsel. E' una zona costruita negli anni '70 per scongiurare il pericolo di inondazioni. La parte nord è rimasta allo stato naturale mentre nel centro hanno fatto dei cambiamenti. Ci sono le spiagge , i ristoranti, i bar. Si può fare sport, fare immersioni, gite in barca ed in bicicletta, ti dico fighissimo. Naturalmente non gli è andata molto giù che da ottobre Laos viene da me e che, nei fine settimana Alex sarà a Vienna per stare con noi.

Ho una camera in più, dove gli ospiti sono i benvenuti ed il cane è di tutti e due. Pertanto se la dovrà far andare bene."

"Ma, la tipa ha sloggiato?"

"La perfetta Steffy ha sloggiato a fine agosto. Ma è molto presente. Infatti rompe parecchio le palle coi messaggi..talvolta vorrei rispenderle io ma come tu sai io non amo chi entra troppo nella vita dell'altro e quindi.."

"Come manda messaggi..ma tipo?"

"Tipo: sono stata da Milko e Babi e mi hanno chiesto di te e di farti vivo. Oppure: mio padre ha troppo bisogno di un tuo consiglio per l'affare vattelappesca. Sai sono stata nella nostra casa a Varazze ma sentivo troppo la tua mancanza …"

"Dio che stronza. E lui?

"Non ho idea di cosa risponda.. non mi sono fatta venire il sangue acido. Però è molto fastidioso."

"Ma Alex invece?"

"Quando è stato qui gli è piaciuto un sacco. Ci sono davvero molti parchi e girare con Laos è una pacchia. Inoltre è molto ordinata, pulita, colorata e lui si è subito trovato in sintonia. Non capiva una cippola quadrata e quello era un po' fastidioso, ma si è messo a studiare delle frase banali e in qualche modo se l'è cavata. Con me è molto più rilassato. Incredibile ma da quando siamo solo amici stiamo andando molto d'accordo. Probabilmente avremmo dovuto sempre e solo essere stati amici."

"Ma sta con qualcuno?"

"Non ne ho idea. Io non chiedo nulla e lui non racconta. Ma non chiede nulla nemmeno lui di Michele. Come se non esistesse. I compartimenti stagno continuano ad esistere."

"Ma..e poi?"

"E poi cosa?"

"Cosa farai dopo? Come contate di vivere la storia tu e Michele? Ed Alex?"

"Ho passato la mia vita a fare progetti e come sai ho toppato su tutta la linea. Oggi sono molto ma molto più egoista. Per la prima volta io mi sento appagata e realizzata. Sto vivendo una vita che avevo sognato: insegnare mi piace troppo e sto conoscendo gente davvero interessante. Faccio cose che mi soddisfano. Sto con una persona che mi fa vibrare, anche solo quando mi parla su Skype. Ho instaurato un rapporto decente con il mio ex e tra poco avrò anche il mio cane qui con me… Magari non durerà per sempre, lo so. Ma oggi amica mia sto in Grazia di Dio."

"Sai che hai ragione? Noi ed il nostro maledetto raziocinio. Non ci siamo risparmiate nemmeno una tegola sulla testa. Pertanto.."

"E tu, cosa hai deciso di fare?"

"Bella domanda. Non lo so. Non ho avuto altre proposte e sono ancora inchiodata nella mia solita vita. Anna ha iniziato la quarta ed è contenta. I professori le piacciono, tedesco è sempre il preferito con inglese e sogna di diventare una donna in carriera a Londra. Io vorrei non vorrei ma se vuoi.. Sono sempre la solita indecisa cagasotto."

"Guarda che se vuoi venire qui ci si organizza."

"In effetti pensavo di venire da te magari per una settimana. Ho un casino di ferie. Solo che mi devo organizzare con Anna. Non so quando e se sia il caso di farle saltare una settimana di scuola adesso. Al contempo mi dice che Vienna per lei sarebbe una splendida occasione per testare il suo livello di tedesco e comprendere se potrebbe piacerle. Ma tu alla fine resti dopo questo periodo oppure?"

"Si, resto per un altro anno. Ho già accettato. Il mio livello della lingua diventerà perfetto e darò anche esami in facoltà perché questo possa essere riconosciuto in ogni settore. E poi l'ambiente universitario qui è molto stimolante. Non avrei mai detto che fossi portata per questa vita ed invece. Mio padre dall'alto mi ha protetta ancora."

"Sai, sono molto soddisfatta per te. Te lo meriti come pochi altri. "

"Michele verrà anche lui per un paio di fine settimana.. non so cosa accadrà fra lui ed Alex. Che dici?"

"Interessante amica. Mi devi troppo dettagliare se partirà un duello o se riusciranno a trovare una quadra. Sempre meglio.. sei un romanzo. Grande. Ma quando accadrà questo incontro fatidico?"

"Il secondo di ottobre."

"Ma Alex lo sa?"

"Naturalmente. E non mi è parso scosso. Ma lui ha questa capacità di interiorizzare qualsiasi emozione e quindi non so mai quel che pensa realmente. Michele, che è molto più diretto e schietto era visibilmente incazzato."

"D'altronde non può dire una mazza considerando che ancora si messaggia con Barbie e quella non nasconde la sua intenzione di rimanergli attaccata come una cimice. Pertanto.. Amica ti prego fammi sapere i dettagli.."

"Ma certo. Speriamo di non dover scappare con Laos."

"Cretina. Ti abbraccio amica. A prestissimo. Cerca di scrivere un po' di più. Ok?"

Novembre

"Amica dimmi, ti prego racconta.."

"Allora …da una parte tutto bene ma in fondo sono piuttosto arrabbiata.."

"Cioè? Fammi capire.. non era stato un successo l'incontro tra i due uomini della tua vita?"

"Si si. Incredibile ma Alex e Michele si sono piaciuti. Sia il primo che l'ultimo fine settimana sono stati sereni. Credo, tra l'altro, che Alex stia frequentando una tipa ma non so esattamente come siano messi. In ogni caso in casa si è respirata un'aria rilassante. Laos è stato perfetto, come sempre e si sta ambientando coi miei orari e lo stare qui con me. Ma Alex mi ha telefonato per dirmi una cosa che mi ha dato da pensare, ovvero che Michele e Barbie si continuano a vedere e mi ha suggerito di indagare perché aveva sentito delle conversazioni che non mi avrebbero fatto star tranquilla. E così, dopo la nostra chiacchierata ho chiamato Michele e gli ho chiesto spiegazioni."

"In che senso continuano a .."

"Esatto. Questa volta sono stata secca ed ho preteso spiegazioni."

****

"Come sarebbe a dire che stai ancora vedendo Steffy?"

"Ma lo sai, lei è fragile e mi ha chiesto di vederci e così è successo che siamo usciti qualche volta. Siamo andati al cinema ed a mangiare un paio di volte. Niente di speciale. Mi sembra giusto darle modo di elaborare questo lutto."

"Michele quale lutto? Ormai è da un bel po' che fra voi è finita. Cosa cazzo vuole? Mi sembrano tutte scuse per tenerti legato a sé, per mantenere il cordone ombelicale. Sensi di colpa Michele? Non credo sia corretto questo tuo modo di fare.."

"Perché tu non continui a vederti e sentirti con Alex?"

"Ma non è la stessa cosa, perdona. Lo hai visto anche tu che tipo di rapporto c'è tra me ed Alex. Il nostro non è stato l'amore e la prima convivenza. Noi siamo stati insieme a lungo ma fra noi era già tutto definito ancora prima che tu entrassi come protagonista della mia vita. Tra te e Barbie non è andata allo stesso modo. Questa cosa non mi piace e sento puzza di bruciato. Io ti avviso Michele. Non mi piacciono le bugie e nemmeno le scuse patetiche. Stai attento Michele. A fottersi una storia ci vuole poco."

"Ma stai tranquilla amore. Io per lei non provo più niente ma cosa posso farci se lei continua ad amarmi e le basta anche solo passare del tempo con me? Cosa c'è di male?"

"Tutto. Perché tu mi manchi di rispetto a trascorrere il tempo con lei perché io sono lontana, perché lei non ti molla e vorrebbe tornare con te. Perché ci starà provando e vorrà sedurti in tutti i modi e questo mi fa andare il sangue alla testa e mi sto davvero irritando. Pertanto tu devi prendere una decisione e dare un taglio definitivo, oppure il taglio lo do io. Anche se mi farà un male porco. Ma di vivere nell'ambiguità perché tu non sai essere cattivo e determinato non lo accetto."

"Dai Elisa. Stai calma. Ti posso garantire che non è come sembra. Io non ho la minima intenzione di permetterle di esagerare."

"Io ti ho avvisato, poi vedi tu."

****

"E questo è quanto"

"Una bella viperetta infida e pericolosa la piccola Barbie, Dio quanto la odio."

"Lascia fare. Questa volta sono parecchio alterata anch'io. E tu sai quanto non mi faccia piacere avere dubbi. Per la prima volta ho litigato con Michele e non c'ero e non lo vedevo per carpire la sua reazione."

"Ma dopo quella chiamata?"

"Lui mi ha scritto una mail bellissima, piena di parole dolcissime e di promesse deliziose ma non mi sento in pace. Quando arriverà, venerdì, lo affronterò a quattr'occhi. C'è un temporale nell'aria. Credimi. E non sarà senza lampi e tuoni. Mi conosco."

"Mi sembra il minimo però non esagerare. Cerca di riflettere e di non dire parole troppo forti che poi rimpiangeresti. Lo sai che, talvolta, tu parti per la tangente e dopo non riesci più a fermarti presa dalla foga."

"Non te lo prometto. Voglio davvero che mi assicuri che questa faccenda venga chiusa per sempre. Barbie deve rimettersi sul mercato e levarsi dalla nostra vita. viziata ed abituata ad ottenere tutto quello che vuole, la metto in riga io. Santo Cielo."

"In effetti.. Ascolta. Io ed Anna veniamo da te per una settimana a dicembre. O pensavi di tornare a casa?"

"Passerò tutte le feste a casa. Torno poco prima di Natale."

"Ah, perfetto. Noi pensavamo di venire intorno al ponte dell'Immacolata. Ma in casa tua ci sarà posto visto tutte le presenze?"

"Dunque.. Alex viene per l'ultimo week end in auto e porta Laos con sé. Almeno quanto torno in aereo non avrò preoccupazioni. Rientrerò poi a gennaio con la mia macchinetta, per essere un po' meno legata agli altri. Almeno se devo muovermi sarò totalmente indipendente. Michele magari ci sarà, vediamo. Quando arriva e dopo aver parlato ti farò sapere se staremo ancora insieme o se avremo dato un taglio o se saremo furiosi.. "

"Non fare gesti inconsulti.. anche perché ti ricordo che io Michele non l'ho ancora mai visto e mi piacerebbe conoscerlo prima che mandiate tutto a catafascio.."

"Ah beh certo. Allora ti prometto che porterò avanti la storia per fare in modo che finalmente possiate incontrarvi."

"Brava. A parte gli scherzi. Non ti dico che tu debba tacere. Ti dico solo di utilizzare un poco di diplomazia. Lei è astuta, siilo anche tu. Lui è pazzo si te, usa le tue armi. Fallo morire e fagli capire che potrebbe non avere più modo. Preparagli dei giorni di fuoco, cuocilo ad arte e lui non vorrà perderti. Credimi. Gli uomini sono scemi e fra voi funziona molto bene. Pertanto gioca sporco."

"Mmmm…why not? In fondo non mi costa molto farlo impazzire. Mi piace talmente tanto essere sua che… non mi ci far pensare. Ma come sai non è tutto e se lui sta facendo il furbo.."

"Ok, ok. Ma magari è in buona fede. Deve solo introiettare che la presenza di Barbie ti fa stare male e che questo può mettere in crisi il vostro rapporto. La lontananza è stimolante, esaltante ma è anche un macigno quando la fiducia viene incrinata. Spiegagli bene questa sfumatura. Tu non sei con Alex ogni giorno, lui invece può vedere Barbie quando vuole. Non è la stessa cosa. E poi loro non hanno più nulla in comune da doversi incontrare per forza."

"Esatto. Non ci sono ragioni per le quali debbano andare al cinema o a cena. Ma siamo matti??"

"Dai. Aggiornami.

Dicembre

Elisa stava aspettando la sua amica Lidia con la figlia Anna.

Il fine settimana con Michele era stato un successone. Era andato a prenderlo in modo audace, con un baby doll e le calze autoreggenti sotto il cappotto di lana, e lo aveva praticamente sedotto all'arrivo. Lui era rimasto talmente sconcertato che il resto dei giorni era scivolato via in un'armonia assoluta. Le aveva promesso, solennemente, che avrebbe smesso di vedersi con Steffy, qualsiasi ricatto lei avesse messo in atto. Gli aveva fatto chiaramente capire che non aveva alcuna tolleranza sulle bugie o le omissioni fatte a fin di male. Elisa sapeva che non avrebbe potute essere transigente sulle menzogne e nemmeno per ogni cosa nascosta. Era conscia che il suo limite le avrebbe impedito di dimenticare e perdonare.

Naturalmente doveva fidarsi di lui.

Lidia e Michele si sarebbero finalmente conosciuti un paio di giorni dopo e lei era curiosissima di sentire le sue impressioni.

Quando finalmente Lidia ed Anna spuntarono dagli arrivi lei si rese conto di quanto le fossero mancate. Lidia era una delle due amiche storiche che avevano accompagnato ogni dettagli della sua vita e che c'erano già quando Jo era ancora in vita. Era una dei pilastri fondamentali e, sebbene con due caratteri opposti e talvolta in contrasto, la sua presenza era stata una manna dal cielo ad ogni caduta rovinosa.

"Benvenute nel mio nuovo regno belle mie…Wilkommen."

Presero i bagagli e si mossero per andare a prendere il CAT (City airport train), che le avrebbe portate a casa in un quarto d'ora. Anna era eccitatissima.

"Questo treno è una figata. Dimmi che è tutto così"

"Si. Qui funziona tutto piuttosto bene. Ho fatto un programma di massima per questi giorni, ma possono esserci variazioni di ogni tipo. Ho preso la card per voi perché possiate usufruire di ogni agevolazione. Potremo anche rifarla. Dalla Vienna imperiale, al duomo di Santo Stefano, la Ringstrasse e la ruota panoramica, il centro storico è unico ed irripetibile e poi ci sono musei, la casa di Freud, le chiese, il percorso ebraico, i parchi, il mitico Danubio…. Se volete potete anche venire in università."

"O Mio Dio…sono così eccitata amica. E' il mio primo vero viaggio …Grazie."

Arrivarono all'appartamento in stato di ebbrezza costante.

"Questa casa è magnifica. Hai avuto un culo pazzesco. Hai una vista che toglie il fiato e questa terrazza è strepitosa. Da veri ricchi.. E la nostra camera è perfetta. E questo bagno che sembra una spa con la cabina doccia con idromassaggio??? Wow. Io penso mi prenderà un infarto dalla gioia."

"Ma smettila..che ne dite di un bagno di folla e una bella passeggiata per rimirare il mio Regno fatato?"

Anna e Lidia si adattarono subito al nuovo tran tran. La città le entusiasmava e se ne andarono in giro in brodo di giuggiole per tutto il tempo. Stava per arrivare Michele ed Elisa era in ansia.

"Ciao Michele. A casa ci sono Anna e Lidia. Non vedo l'ora tu possa conoscerle. E' un altro passo verso il mio mondo. Spero vi piacciate."

L'incontro fu molto sereno. Lidia si sentì subito a suo agio ed Anna si fece come sempre adorare. Era un'adolescente talmente carina e beneducata da lasciare ogni adulto senza fiato. Lidia, pur da sola, aveva fatto un lavoro egregio con lei. Per questo Elisa si sarebbe prodigata come avrebbe potuto per permetterle di seguire i suoi sogni. Andarono a cena al Clementine, ristorante nel giardino d'inverno del Palais Cobourg. Con Lidia e Anna avevano già sperimentato l'Hard Rock Cafè, lo Yamm vegetariano (Il preferito di Elisa), il Das Campus e il Café Quadro, ma per quella sera voleva qualcosa di speciale.

Fu una serata meravigliosa. Michele ed Elisa erano una coppia perfetta disse loro Anna, ed anche Lidia fu conquistata dal suo nuovo fidanzato.

"Era ora che tu facessi nuovamente vibrare il tuo cuore, amica. Non hai idea di quanto tu sia bella. E' come se Dio ti avesse ascoltata e, finalmente, tu potessi vivere la favola che avevi sempre agognato. Sono tanto felice per te.."

Nel resto dei giorni fecero i turisti tutti insieme. Vienna sapeva accontentare ogni palato. Quando andarono al castello di Schoenbrunn, l'ex residenza estiva della principessa Sissi, Lidia ritornò alla loro adolescenza e raccontò un sacco di episodi esilaranti a Michele. Fu una giornata perfetta.

Lidia ed Anna partivano un giorno prima di Michele, così andarono insieme ad accompagnarle.

"Hai fatto bene a trasferirti Eli. Qui ti ho vista come non ti vedevo più da anni. Stai facendo le cose per le quali sei venuta al mondo. Le tue incredibili peripezie e sofferenze ti hanno condotta qui, perché tu potessi vivere finalmente dei giorni unici. Io ti ringrazio per averci dato quest'opportunità e per aver proposta ad Anna di passare un mese qui durante le tue vacanze per migliorare la lingua. Sono certa che non se lo farà ripetere due volte. Come tu sai non ho molti soldi ma, se potrò, tornerò anche io."

"Grazie a voi di essere venute. E se anche i soldi non ci saranno potrai unirti a me, quando rientro in auto e rimanere qui tutto il tempo che vorrai. Mi casa es tu casa. Siempre. "

Si abbracciarono piangendo, sebbene sapessero che si sarebbero riviste entro breve a casa.

Michele si accorse della malinconia apparsa negli occhi di Elisa.

"Cosa c'è amore mio..é andato tutto bene, perché sei triste?"

"Talvolta mi chiedo se Jo e mio padre stiano vedendo tutto questo e se dall'alto stiano facendo il tifo per me. Lidia è parte della mia famiglia, pertanto averla avuta qui con me è stato un dono della vita inaspettato. E poi ho paura. Perché quando mi sono trovata ad essere così tanto soddisfatta e serena è sempre capitato qualcosa di drammatico od orribile che mi ha ammutolita.."

"Io penso che tu debba finalmente rilassarti. Io sono qui vicino a te Eli e t'assicuro che questa sera farò il possibile per farti entrare in testa che tutto è molto terreno, reale ed estremamente succulento. Ma, per tornare serio, sono sicuro che tuo padre e Jo ti stiano dando la loro benedizione e ti stiano proteggendo con il coltello tra i denti. Hai due angeli potenti al tuo fianco. Siine consapevole."

Per il resto della giornata Michele fece il possibile per farla ridere. Andarono a bighellonare nel centro, presero un aperitivo alcoolico che li rasserenò e tornarono a casa leggeri ed eccitati per bersi fino allo sfinimento.

Ancora una volta si addormentarono ebbri ed abbracciati, con il loro corpi nudi intrecciati in una composizione perfetta.

Al mattino Elisa si sentiva piena di energie. Aveva ritrovato il suo umore migliore e, dopo la partenza di Michele, assolse i suoi compiti senza sentire la minima stanchezza.

Era vero, Vienna era stata una scelta intelligente.

Dicembre

Elisa stava tornando a casa. Erano passati pochi mesi ma la sua vita si era rivoluzionata. Il suo quartiere ed il suo appartamento non le erano mancati, e nemmeno sua madre. Suo malgrado. Si sentivano un paio di volte alla settimana e la aggiornava sui vari pettegolezzi o si lamentava di essere sempre sola, sebbene potesse andare a godersi la vita tutto dove desiderasse. Il loro rapporto era formale ed Elisa non riusciva proprio ad essere diversa con lei. Se l'era imposto dopo la morte del padre, perché lui glielo aveva chiesto, ma l'amore non nasce a comando. L'amore è una pianta che va bagnata e concimata. Le voleva bene e le era grata di averle insegnato l'amore per la lettura, per la natura ma era un bene di testa e non di cuore.

Era però contenta di riabbracciare gli amici, di camminare con Laos tra le via abituali ed incontrare volti noti, di andare a camminare lungo il fiume e sedersi nella piazza del Castello. Quella piazza aveva sempre suggestionato Elisa, creandole immagini forti nella mente. L'aveva accolta e rilassata in molte occasioni, durante il suo passato. E poi, emozionalmente, la trovava struggente.

Il suo appartamento era molto più essenziale e spartano di quello austriaco, ma era pieno murato di libri che spuntavano ogni dove e coprivano ogni parete. Ed i libri le erano mancati più di tutto il resto. Pertanto passò i primi minuti del rientro a riaccarezzarseli e pulirli dallo strato di polvere che si era annidato in ogni anfratto.

Non aveva annullato nulla, aveva lasciato tutto in stand by. Chissà perché.

Alex era venuto a prenderla in aeroporto con Laos. L'aveva trovato in forma splendida. Aveva perso alcuni chili ed aveva di nuovo il fisico definito. Era evidente che la sua nuova "amica" gli stava facendo bene e questo, dovette ammetterlo, le creò una sorta di stupida invidia.

"Ah però.. come stai bene Alex.. sei un figone."

"E tu sei la solita esagerata. Ho ripreso ad andare sui pattini e faccio lunghe passeggiate. Sto bene e sono rilassato. Mio padre è entrato in struttura e lo vedo molto sereno e questo mi ha tolto un peso. Pertanto ho più tempo libero e ho ricominciato a godermi la vita. Ma tu avevi ragione per un sacco di cose. Io avevo smesso di volermi bene e mi ero ritirato in un monastero interiore. Dove nessuno poteva accedere. Ormai vivevo ai limiti di me stesso. Mi sembrava che così tutto scorresse meglio. Ma da quando ho ripermesso alla vita di sorprendermi sono molto più contento e la mia giornata è di nuovo colorata. Poi, lo ammetto, la presenza di Laos è stimolante e mi fa muovere anche quando non vorrei. Infatti l'idea di dartelo non mi rende felicissimo ma capisco che anche tu senta la sua mancanza. E poi Laos è nostro e non è giusto che uno di noi lo debba perdere."

"Credo che sia stato uno dei tuoi discorsi più lunghi degli ultimi 5 anni. Sono senza parole..e tu sai quanto sia difficile mettermi a tacere.."

Ritrovare i suoi ritmi non fu complicato. Anche se era lieta che fosse solo per un certo periodo. Le continue domande e l'interferenza di alcuni soggetti erano fastidiosi ed inopportuni.

Il Natale lo aveva trascorso con Michele a casa sua, mentre la vigilia lo aveva passato con sua madre. Sia lei che Michele non si erano ancora decisi a presentare le reciproche famiglie: per Elisa era la consapevolezza del non voler sporcare la sua ritrovata felicità, per Michele sembrava ci fosse la paura che loro non l'accettassero come meritava, dopo aver adorato Steffy. E questo non era un buon punto di partenza. Nonostante tutto però il momento fatidico arrivò ed Elisa si trovò, suo malgrado, catapultata nella casa degli "suoceri" per Santo Stefano.

L'esordio non fu dei migliori. La madre fu fredda e non smise un attimo di osservarla e porle domande di ogni tipo. Sembrava che l'Inquisizione avesse ripreso ad esistere, dopo tutto, spostandosi a Lanzo. Accidenti. Il padre fu più clemente e scherzoso, cosa che fu molto apprezzata da Elisa che mal celava il suo disappunto ma non fu sufficiente per rallegrare l'atmosfera.

"Mi spiace Signora. Io sono vegetariana e mi spiace che Michele non gliel'abbia detto.."

"Ah si, devo averlo rimosso. Non ho mai capito perché si debba eliminare un alimento che fa bene dal proprio frigorifero. Una scelta di salute?"

"No. Etica. Non mi piace pensarmi come una cannibale. Ma ognuno nella vita fa naturalmente quel che vuole. Io la sono da 31 anni e non mi trovo male. Pertanto non mangerò quanto mi sta proponendo. Magari mi limiterò ad un po' di verdura e se ne ha prendo del formaggio. Altrimenti non si scomponga. Va bene così."

"Mamma … ma come hai fatto a dimenticarti che Elisa non mangia carne? Neanche poi noi fossimo così tanto carnivori.. mi stai facendo fare una figura terribile. Io che le ho sempre parlato in maniera enfatica di voi, della vostra ospitalità, del fatto che adorate conoscere gente nuova ed ora.."

"Lascia perdere Michele. Non è successo nulla. Tua madre non ci ha pensato. Anche la mia non lo avrebbe preso in considerazione.. Avrà fatto i tuoi piatti preferiti.."

Il resto del pranzo fu un vero incubo ed Elisa non vide l'ora che tutto finisse. Era palese che quella donna tifava per il ritorno di Steffy, la sorridente Barbie di ottima famiglia e non se ne faceva nulla di una donna più grande con uno charme potente ma uno stile totalmente differente e di famiglia qualsiasi. Sentiva il disappunto di quella donna fin dentro le ossa.

"Michele.. tua madre mi detesta. Ed è molto squallido essere detestati ancor prima di essere conosciuti. Per fortuna che c'è tuo padre. Ed è strano questo atteggiamento da una persona che ti ha sempre lasciato libero di andare e fare e brigare. Sento che qui c'è lo zampino di quella gran stronza di Steffy. Ed inizio a rompermi parecchio.."

Ed ebbero il loro secondo litigio.

Per un paio di giorni Elisa preferì tuffarsi tra le sue amiche, sguazzando tra apericena, pranzetti calorici e chiacchierate sceme. Ma quella giornata le pesava sullo stomaco.

"Guarda Lidia..una vera serpe. Cazzo, io sono certa che c'entra la Barbie dei pifferai.."

"Quella è proprio una caina. Accidenti. Non possiamo andarla a beccare e cantargliele chiare?"

"E darle una soddisfazione? E no. E' Michele che deve prendere in mano la situazione e dimostrarmi quanto valgo. In fondo è da poco che ci frequentiamo, lo so, se ci pensi non sono nemmeno 9 mesi. E non ci siamo visti sempre. Però questa faccenda mi puzza e non mi lascia tranquilla.. Mi sono presa un paio di giorni e non lo sto considerando. Vediamo cosa succede dopo. Davvero non mi va. Mi sento arrabbiatissima e farei qualche stupidaggine. Mi conosco."

"La cosa pazzesca è che tu non sei mai stata gelosa.. ahahahahah"

"Si infatti. E non voglio nemmeno diventarla."

Dopo quella breve assenza Michele si presentò sotto casa senza avvisarla. Lei stava tornando dalla sua solita passeggiata con Laos e sentì il cuore sciogliersi scorgendolo. Aveva lo sguardo perso ed era bellissimo.

"Fammi parlare Elisa. Per favore."

"Possiamo salire?"

"No preferisco che facciamo due passi. Almeno mi calmo"

E parlò come un fiume in piena, facendole sentire tutto il suo amore e lasciandola, come sempre, senza fiato.

Quella notte dormirono in tre, per la prima volta, ma fu tutto molto naturale. Laos era il cane più eccezionale del mondo e non si intromise mai fra di loro, come se sentisse che il loro stare appiccicati avesse un significato speciale, per quella notte.

I giorni trascorrevano senza che Michele affrontò più l'argomento Madre. Ed Elisa gliene fu grata. Non era indispensabile piacerle, non alla loro età.

Per Capodanno erano stati coinvolti in una festa presso la Creme, alla quale avrebbero partecipato anche Lidia, Anna, Alex ed altri amici che non vedeva da un po'. Laos poteva andare con loro e tutto sembrava scorrere nella più assoluta armonia.

"Elisa, amore, perdonami. Mio padre mi ha chiamato dicendo che mamma non si sente per niente bene ed è preoccupato. Pertanto vado a fare un salto da loro. Ma stai tranquilla, non sarà certo nulla di serio e quindi poi ti raggiungerò alla festa."

"Ci mancherebbe Michele. E non ti preoccupare per me. Sarò in ottima compagnia."

Cazzo che nervoso. Elisa era certa che fosse una scusa e che quell'arpia si fosse sentita male apposta. Una sorta di escamotage per far allontanare il figlio da lei. O stava diventando paranoica?

Quel che contava era non pensarci. Pertanto si preparò con cura e decise di godersi la serata per quello che era. Una splendida occasione per stare con persone che avevano avuto un senso nella sua vita e che, ad oggi, continuavano ad averlo. Sapeva che si sarebbe molto divertita soprattutto con Lidia ed i loro sagaci e crudeli commenti.

Uscì di casa con il buon umore ritrovato, senza più rivolgere il minimo pensiero a quella donna. E dopo un'ora di festa, un buon Nero d'Avola tra le mani e la goliardia dell'entourage Elisa era assolutamente raggiante.

Verso mezzanotte Michele apparve. Lo sguardo era torvo e l'umore dei peggiori.

"Elisa.. non so cosa stia girando nel cervello di mia madre. Ma stasera ha capito che non sto dalla sua parte. Le ho detto chiaramente che i suoi giochetti non funzionano. E che Steffy è fuori dalla mia vita per sempre. Può scegliere di conoscerti oppure di odiarti ma io non smetterò di stare con te perché lei ha il suo punto di vista.. L'avrei strozzata e qui mi fermo. Divertiamoci e lasciamo tutto questo nel Vecchio Anno. Auguri Amore Mio."

Marzo

Vienna era nel suo splendore più assoluto. Gli alberi dei parchi si stavano inondando di colori e profumi magici. Elisa adorava passeggiare con Laos, lasciando libera la mente, senza preoccuparsi di nulla. Erano i loro momenti e Laos sapeva riempirli con tutta la sua giocosità e gaiezza.

Le cose stavano andando bene nella sua vita. In università il suo corso era sempre pieno di studenti e la sua fama cresceva di giorno in giorno. Aveva dato gli esami di tedesco ed era passata con il massimo dei voti, mettendo nel suo bagaglio una marea di riconoscimenti che le sarebbero serviti qualsiasi cosa sarebbe accaduta. L'ambiente era serio e meritocratico e nessuno tentava di agire in modo meschino. La società, in quel luogo, pareva funzionare molto meglio che in Italia.

Michele però stava risentendo di quel loro vedersi poco e nel loro parlarsi molto su Skype. Sentiva la mancanza di una persona al suo fianco e, sebbene lo comprendesse, non aveva la minima intenzione di tornare prima di quanto avesse programmato. Aveva accettato di rimanere due anni e non voleva assolutamente perdersi questa opportunità.

Con Laos era ritornata per una settimana in Italia, in auto, godendosi il loro viaggiare con calma, per apprezzare quel che la strada offriva. La libertà di cui godeva e la stabilità economica che il suo nuovo lavoro le offrivano erano un plus valore irrinunciabile. Poteva permettersi di muoversi senza preoccupazioni ed aveva molto tempo libero per prendersi cura di sé e del suo cagnolone. Inoltre aveva potuto ospitare alcune amiche che avevano colto l'occasione di visitare una città unica e riabbracciarla, rendendole il quotidiano estremamente interessante.

Rifletteva, passeggiando, mentre Laos camminava al suo fianco. Improvvisamente però un uragano peloso fu sopra di loro e lei si ritrovò, suo malgrado, incastrata tra Laos e la sua nuova amica e due metri di guinzagli che la legavano come una salsiccia.

"Mi scusi..non so come sia potuto accadere. Sissi è sempre molto quieta. Dev'essere stato amore a prima vista"

La voce apparteneva ad un uomo sui cinquanta, con corti capelli sale e pepe, un'impeccabile camicia azzurra ed un paio di pantaloni blu di taglio sportivo. Gli occhi erano azzurri e sorridenti, sotto un paio di occhiali grigi. Era abbronzato. Non si poteva definire bello, nel senso classico della parola, ma affascinante. E la voce era roca, con un melodioso accento latino.

"Non si preoccupi. Laos pare apprezzare. Io un po' meno. Sono Elisa, la felice proprietaria del Labrador."

"Italiana? Avrei dovuto immaginarlo ma la sua pronuncia è perfetta. Mentre la mia fa acqua da tutti i lati. Ed è terribile visto che passo più tempo tra Austria e Germania che in Toscana, da dove provengo."

"Italiano anche lei. Beh, allora potremmo tornare alla nostra lingua madre..Io sono qui da agosto e sto insegnando all'Università, facoltà di Scienze Politiche. E sto studiando tedesco con molta serietà e quindi il suo complimento mi fa contenta."

"Sono uno scienziato. Giro per lavoro e per conferenze. Inoltre talvolta insegno. Questo semestre starò qui per il progetto "Chemistry meets Microbiology" e terrò lezione. Una bella sfida che mi gratifica. Quindi potremmo definirci colleghi."

"Oddio..io ho un paio di corsi di italiano, uno relativo ai discorsi internazionali ed uno basico però potremmo si. Per me è un onore visto quello di cui si occupa lei. E viaggia sempre con la sua cagnolona?"

"Non potrei vivere senza Sissi. Sa, dopo la morte di mia moglie mi ha letteralmente salvato dalla depressione e siamo diventati inseparabili. Prima lei rimaneva a casa ma oggi non avrebbe senso. Sono sempre in giro e non potrei sopportare di lasciarla in una pensione. Infatti ho deciso di accettare solo impegni che posso raggiungere in auto e che mi lascino il tempo per stare con lei. Inoltre io amo correre, come lei, ed insieme possiamo macinare chilometri senza fatica."

"Bravo. Molte persone dovrebbero prendere il suo esempio invece di rassegnarsi subito mollando i cani dove capita."

"Beh, ma l'ha fatto anche lei.."

"Laos è un cane molto conteso. Il mio ex compagno viene a trovarlo e talvolta sta con lui, in modo che entrambi lo possiamo godere. Al principio eravamo preoccupati che rimanesse confuso e ne patisse, ma loro sanno adattarsi meglio di noi, soprattutto se l'amore non manca. E quindi.. Ad Aprile, quando rientro per Pasqua, lo lascerò ad Alex fino a giugno. Io me ne occuperò nei fine settimana quando sarò a casa."

"Mi ha fatto piacere conoscerla Elisa, ma ora devo scappare. Magari ci rivedremo in giro. Buona giornata"

Non le aveva nemmeno detto il suo nome. Pazienza. Tanto non lo avrebbe rincontrato. Vienna non è poi così piccola.

"Elisa, amore mio. Come stai? Domani ci possiamo riabbracciare.. non vedo l'ora. Negli ultimi tempi sono stato un po' maligno e ti ho messa all'angolo più di una volta. Scusami."

"Michele, ascolta. Io non ho la minima intenzione di andarmene da qui e di venire a Torino a vivere con te e di sentirmi un parassita. La mogliettina devota non rientra nella parte che voglio recitare e qui mi stimano e mi sento realizzata. Capisco tu abbia delle necessità e che vedersi solo il fine settimana non è il top, ma io non posso venirti incontro. Per troppo tempo ho rinunciato a me stessa. Oggi non lo voglio più fare."

"Lo so, lo so. Sono un egoista. E so che è solo una mia questione mentale. Un'idea. Ma è che preferirei averti sempre in mezzo ai piedi, abbracciarti ogni volta che mi va, svegliarmi con la tua pelle sulla schiena, guardarti mentre fai la doccia"

"Ma non sono in America e non ci vediamo una volta la mese.. Capisco che Skype non è come stare vicini sul divano, ma è utile per comunicare e ci sentiamo sempre. Ci raccontiamo, ci confrontiamo, litighiamo..e quando siamo insieme abbiamo così tanta voglia di noi che fare l'amore è sempre emozionante e appagante. E poi raccontandoci le nostre fantasie diventa divertente poi metterle in pratica. Non credi che il quotidiano potrebbe spegnere questo incendio che è ancora fortissimo tra noi?"

"No..il tuo corpo ha una forte dose di magnetismo e non mi stancherei mai di starti dentro. Credimi. Io mi conosco ed il mio appetito, quando il cibo è altamente afrodisiaco, vien mangiando. Senza mai provocare un'indigestione.."

"Tu mi fai sentire una donna bellissima.."

"Tu sei una donna bellissima. Ed il tuo corpo è davvero quanto di più eccitante potessi desiderare.. Meglio non pensarci. Domani non fare programmi perché intanto sai che occuperò ogni tuo centimetro per almeno due ore..e forse non mi basteranno."

"Ho già in mente un paio di idee per rendere il tuo arrivo indimenticabile.. Ammetto che il poter vivere il mio lato torbido mi fa fremere. Posso mettere in atto quel che mi gira in testa?"

"E lo domandi? Certo che si..ovunque tu voglia viverlo."

Elisa chiuse la conversazione con il sorriso sulle labbra. Ma poi si rese conto che non gli aveva detto del tizio che aveva conosciuto nel parco.

Maggio

Elisa era felice perché Alex le aveva riportato Laos. Era stato con lui un mese e gli era mancato ogni giorno.

Con Michele tutto si era pacificato ma le sembrava che lui si sforzasse per evitare le sue proverbiali collere o i suoi temibili silenzi. In realtà lei si stava rendendo conto che Michele non era un uomo che amasse star da solo. A differenza di Alex che era un orso e godeva dei suoi momenti solitari, Michele ne pativa costantemente. Per lui essere in coppia significava condivider ogni giorno, nella quotidiana presenza. Ma lei non non poteva accontentarlo. Forse non lo amava abbastanza o forse non sapeva più amare in quel modo totalitario ed assoluto.

La verità è che dopo tutti quegli anni di umiliazioni e privazioni sentirsi stimata ed apprezzata la gasava terribilmente e non aveva voglia di rinunciarci. Michele aveva sempre avuto tutto quel che aveva voluto e la vita con lui era stata gentile, per lei era andata molto diversamente. Tutto aveva avuto un prezzo, talvolta molto salato ed ora non voleva tornare a quei sapori.

Come sempre assorta nei suoi pensieri non si era resa conto della persona che la stava chiamando finché non si era sentita prendere da un braccio.

"Ma chi cavolo.. Oh, mi scusi.."

"Buongiorno Elisa. Lei è talmente presa da se stessa che farsi notare è impossibile."

"Ha ragione. E' una mia prerogativa. Io e la mia testa conversiamo tutto il giorno ed il mondo è quasi trasparente.. mi scusi ma non mi ha detto il suo nome la volta scorsa.."

"Ha ragione, sono imperdonabile. Mi chiamo Andrea. Se non è troppo di corsa la inviterei a mangiare con me.."

"Non si offenda ma questa mattina avevo molti impegni in facoltà e ho lasciato Laos da solo dalle 8. Pertanto preferirei andarlo a prendere. Lo so che un cane può resistere a lungo ma non mi va. Se vuole mi può accompagnare "

"Volentieri. Sissi è con la dog-sitter. Sa, lo abituata così almeno non mi faccio venire le ansie. E' lontano?"

"No, dieci minuti a piedi. Sono stata fortunatissima, ho avuto questo appartamento in gestione per due anni, il tempo che dura il mio contratto. E lo adoro."

Mentre saliva a recuperare Laos, Andrea disse che doveva fare una telefonata e che l'aspettava in strada.

"Eccovi. Ciao Laos..sei sempre bellissimo e pacato. Dovrei lasciarti un po' con Sissi, magari le insegni le buone maniere. Che ne dice se ce ne andiamo al Cafè Central? Facciamo una piccola promenade e non ci allontaniamo troppo, visto che nel pomeriggio ho lezione. Le va?"

"Perfetto. Oggi è anche una giornata meravigliosa e possiamo sederci fuori. Sa che non ci sono mai stata? L'ho sempre trovato un po' troppo …pomposo??"

"Si, forse sarà l'età che mi fa apprezzare i luoghi storici?"

"Non mi sembra che lei sia così vecchio.."

"La ringrazio, ma direi che ho qualche anno in più di lei che non ne avrà più di quaranta.."

"Ok, l'assumo. Io però ne ho 51"

"E come fa? Allora non sono così distante da lei. Ne ho 58."

"Come vede.. non è un fatto di età ma di attitudine. Io, come potrà notare, mi vesto sempre come capita, ma piuttosto informale, lei è tendente ad uno sportivo ricercato, lei frequenta le facoltà, i simposi, le convention, io sono sempre stata in ambienti grossolani …"

"Sportivo ricercato non me lo aveva mai detto nessuno..Carina."

Il resto del pranzo corse via tra conversazioni forbite e sottili prese in giro. Andrea era un uomo che aveva viaggiato molto, che leggeva tantissimo e con una testa da enciclopedia.

"Elisa, vorrei chiederle se ha voglia di accompagnarmi ad un evento. La avviso: sarà una serata piuttosto noiosa e come le chiama lei pomposa. Inoltre l'abbigliamento sarà formale.."

"Andrea, io non saprei come fare. Non ho un solo capo adatto e non ho voglia di buttar via soldi per un abito che poi non indosserei più. Perdoni.."

"Per l'abito non è un problema perché glielo potrei regalare io.. andiamo a fare un piccolo giro di shopping e la consiglio."

" Mi sentirei troppo in imbarazzo. Davvero."

"Ma quale imbarazzo. Non la porto mica da Armani.. ci sono negozi dove si possono acquistare abiti da cocktail decenti senza superare un certo budget. E per le scarpe.."

"Ah no. Io i tacchi non li metto …"

"Lei è davvero divertente. Lei è già molto alta. Elisa. Se scegliamo un completo con i pantaloni, diciamo sul blu, lei potrà tranquillamente indossare le sue Moma, marca che conosco perché è della mia terra e coloro che le producono sono miei conoscenti. Sarebbe per giovedì prossimo.."

"Accidenti. Mi ha messa all'angolo. D'accordo allora. Ma scegliamo qualcosa di semplice.."

"Stia serena. A questo punto potremmo vederci la prossima settimana, diciamo martedì pomeriggio per il nostro giro, in modo che lei abbia quel che ci serve per la serata.. Mi può lasciare il suo numero e la sua mail? Vorrei anche suggerirle un paio di titoli di romanzi che ho molto amato. Così poi mi dice se anche quelli sono troppo –pomposi-?"

"D'accordo. Mi dia un foglio che le segno ogni cosa…"

Elisa era ancora incredula di essersi fatta incastrare da quell'uomo che praticamente non conosceva. Era una bella persona, affascinante e colto, ma così distante dalle persone che lei abitualmente frequentava. Aveva uno stile d'altri tempi ed un modo di fare antico ma molto piacevole.

Anche quella volta però non raccontò nulla a Michele. Che cosa poteva dirgli? Che un collega, che poi collega non era, l'aveva invitata ad un evento e che le avrebbe regalato la mise, senza doppi fini? Michele non le avrebbe mai creduto e si sarebbe accesa una nuova polemica che li avrebbe riportati al fatto che non stavano abbastanza insieme.

No, in certe occasioni era meglio tacere.

E poi anche Michele avrebbe potuto lasciare il suo lavoro per venire da lei o chiedere il trasferimento …ma la verità è che lui era troppo soddisfatto di quel che aveva per poterlo lasciare. Ed Elisa non era nemmeno interessata a questa eventualità. Era solo una carta che ogni tanto giocava quando lui diventava troppo assillante.

Se ne andò al parco con Laos, lasciando nella fresca aria del pomeriggio le sue elucubrazioni.

"Elisa, buona sera. La disturbo per ricordarle il nostro impegno di domani. E' confermato?"

"Si certo. Posso portare anche Laos?"

"Naturalmente. So che non si muove sempre il suo personal-assistant. Tranquilla."

"Perfetto. Dove ci incontriamo?"

"Passo a chiamarla io. Non si preoccupi. Tanto so dove abita."

Il giorno dopo Elisa si fece trovare pronta. Andrea si era lanciato con un jeans ed una camicia informale che gli davano un brio diverso. I suoi occhialetti da intellettuale lo facevano sembrare un vecchio studente.

Andarono in zona negozi nella Mariahilfer Strasse. Andrea aveva le idee chiarissime su quel che cercava ed Elisa apprezzò la sicurezza con la quale si introdusse in Zara, visto il suo orientamento ai low prices, e scelse alcuni modelli molto semplici: un abito a righe con scollo a V, taglio sotto il petto con elastico e tessuto con fili metallici, un abito a fiori con scollo all'americana, bretelle sottili e schiena scoperta, aperture laterali. Entrambi lunghi fino ai piedi, un abito in lino con bottoni sul collo, maniche a tre quarti con elastico midi, cintura a fiocco sulla schiena, lunghezza sotto i polpacci, spacchi laterali.

"Allora: sono abiti che costano poco ma fanno un grande effetto e che le staranno benissimo. Lei è alta, snella, pertanto li prova?"

Ed Elisa iniziò la sfilata. E le piacquero tutti. Ognuno metteva in risalto qualcosa di lei e tutti potevano essere indossati con le sue scarpe. Una tracollina ed uno sciarpone avrebbero accompagnato il look, lasciandola comoda ed a suo agio.

"Il mio preferito è quello a fiori. Saperla con la schiena nuda e gli spacchi che quasi non si vedono mi farà essere molto invidiato, è così sensuale. Ma anche quello in lino, castigato, è un bel vedere. Diciamo che glieli regalo entrambi. Ed ho preso anche questo scialle blu che starà d'incanto con le sue scarpe. E la cifra totale non paga nemmeno una delle mie cravatte. Cosa fa, approva?"

Elisa non solo approvava ma si era beata del suo sguardo ammirato. E questo, forse, non era quel che avrebbe dovuto succedere.

Uscirono all'aperto dove però Andrea la mollò senza troppi giri di parole.

"La saluto Elisa. Mi sono divertito. Purtroppo però ho impegni inderogabili. Le mando un taxi giovedì alle 19. Arrivederci".

"Michele, domani sera accompagno un collega italiano ad una serata organizzata dall'università. Non so esattamente di cosa si tratta, ma credo debbano anche consegnare delle onorificenze per un progetto.."

"E chi è questo collega?"

"Si chiama Andrea Roccaraso, è uno scienziato e ricercatore. Penso tu possa trovare il suo Curriculum on-line e magari c'è anche la sua foto.."

"Vedo. Un signore elegante. E come mai lo ha chiesto a te?"

"Ci siamo scontrati per caso nel parco un mese o due fa..nel senso che la sua cagna mi ha fatta cadere. E poi ci siamo rivisti in facoltà l'altra settimana. Probabilmente non ha molti amici qui in città..non lo so."

"Hai fatto bene. Mi sembra un uomo perbene. Magari un po' antico.. Divertiti."

Se Elisa si aspettava una filippica rimase delusa. Michele non parve affatto scosso. E quando andò a guardare on line quel che si diceva di Andrea ne comprese anche il motivo. In quella foto sembrava un professore polveroso ed insignificante e tutti quei titoli lo facevano apparire come un topo da biblioteca. Beh, meglio così alla fine.

Il taxi arrivò puntuale e lei lo vide all'entrata che la aspettava. Aveva un completo Ermenegildo Zegna Blu Milano, camicia azzurra e cravatta blu in seta con micro fantasia azzurra che gli donavano molto. In effetti era proprio un bell'uomo, dal fisico asciutto, una lieve abbronzatura che metteva in risalto quei suoi occhi turchini, la mascella forte e le labbra ben disegnate. Come mai non lo aveva notato prima?

"Buona sera Elisa. E' un incanto. Sta benissimo coi capelli legati e quei riccioli che le ricadono sul collo. Ma si è anche lievemente truccata. Impeccabile. Mi farà davvero fare un'ottima figura."

Entrarono in quell'atmosfera elegante ed ovattata, dove Elisa non conosceva nessuno, e dove il disagio che percepì le seccò la gola. E sticazzi.

Il professor Roccaraso fu subito rapito da un paio di persone e lei si ritrovò da sola come una statua senza sapere cosa fare già dopo dieci minuti.

Accidenti. Dopo un'ora circa, al suo secondo bicchiere di prosecco, lui tornò.

"Mi scusi Elisa, mi sono dimenticato di dirle che il progetto è una mia creatura. E quindi io sono l'ospite d'onore."

"Bene. Sono sbalordita ed un po' confusa. Perché mi ha invitata?"

"Innanzitutto perché almeno, durante la cena, converserò amabilmente con lei e non mi annoierò. In secondo luogo metterò a tacere i pettegolezzi sulla mia fama da misantropo visto che ho al mio fianco una donna affascinante, terzo perché la voglia di vederla vestita con un abito che la lasciava scoperta era una gioia che non avevo voglia di perdermi."

Ed Elisa incassò sentendosi sottilmente inquieta. La situazione era intrigante sebbene lui non manifestasse a gesti alcun secondo fine. Semplicemente le aveva fatto un complimento come lo avrebbe fatto ad un'opera d'arte appesa alla parete. La serata continuò e la cena fu deliziosa. Andrea sapeva essere un conversatore intrigante ed un affabulatore astuto. Tutti pendevano dalle sue labbra. E lei, di riflesso, appariva una donna da guardare ed ascoltare, con attenzione. E quando le sarebbe successo ancora?

Alle 23, dopo la premiazione, Andrea tornò da lei.

"Che ne dice se ce ne andiamo? Il mio compito l'ho assolto e se resto ancora qui finirò per addormentarmi al tavolo."

Gli appoggiò una mano sulla schiena e la guidò tra la gente con passo sicuro. Aveva un modo di muoversi e di agire estremamente maschio. In mezzo alla folla percepì la sua presenza contro la sua schiena in più di un'occasione e questo le diede una sorta di brivido.

"Grazie per il suo tempo Elisa. Le ho chiamato un taxi. Io preferisco farmi due passi. Volevo dirle che è incantevole con questo abito, ma soprattutto che il suo seno turgido ha attirato molti sguardi durante la serata, compreso il mio. E quando si spostava si intravedeva la curva del suo corpo. Sa l'ho scelto un po' trasparente di proposito perché quella stoffa che accarezzava il suo incedere lasciandole la schiena nuda era estremamente seducente. Da molto tempo non sentivo un tale turbinio di emozioni. E' stato piacevole. Arrivederci."

E se ne andò, lasciandola incapace di proferire verbo.

Andrea aveva saputo turbarla con poche parole che l'avevano fatta sentire nuda davanti ai suoi occhi. Ed in profondo imbarazzo.

Luglio

Ormai le vacanze erano prossime. Sarebbe rientrata a casa la settimana successiva e non sarebbe tornata e Vienna fino alla prima settimana di settembre.

Laos era già a casa con Alex, che era venuto a prenderselo a fine giugno, quando si era concesso una settimana di ferie. Stava bene, aveva una tizia con la quale viveva una storia molto libera e non era innamorato. Ma stava esattamente nel contesto che gli interessava. Aveva capito che il suo vivere da solo e la sua esigenza di lunghi silenzi non prevedevano altre convivenze e lo aveva accettato. Tra loro c'era una grande complicità ed una rinnovata amicizia che dava loro molto di più di quel tiepido rapporto trascinato per anni.

Michele aveva organizzato per loro un viaggio a sorpresa ed Elisa, che detestava le sorprese, era discretamente in ansia. Aveva cercato di testare almeno il tipo di viaggio ma Michele era rimasto ermetico.

Andrea lo aveva incontrato per caso un paio di settimane dopo la festa, avevano preso un caffè insieme ma poi era nuovamente scomparso e lei non aveva ritenuto il caso di disturbarlo, anche perché si sarebbe sentita in colpa nei confronti di Michele, visto che il soggetto non le era completamente indifferente.

Anna, la figlia di Lidia, non era riuscita a venire da lei, perché era stata presa dove aveva fatto lo stage per il mese successivo. E poi aveva un filarino in corso e non si poteva darle torto. Magari sarebbero rientrate insieme a settembre, prima della scuola e anche Lidia ne avrebbe approfittato.

Aveva deciso di andare a farsi un giro di negozi per portare qualche regalo alle sue amiche ed a sua madre, che in lontananza era molto meno invasiva. Era molto concentrata davanti alla vetrina di Augarten Wien, perché aveva pensato ad un articolo pregiato in porcellana da sistemare sulla mensola dove le ceneri di suo padre dimoravano, quando si sentì sfiorare una spalla.

"Ma allora è proprio un'abitudine la sua di estraniarsi dal mondo"

"Andrea, salve. E' da molto tempo che non la incontro.."

"Sono stato a Monaco per un mese, lavoro sa. Son tornato ieri sera. Ed il caso ci ha fatti incontrare subito. Strano."

"Dimentico sempre che lei ha una fama che la precede. Tutto bene? Quanto si ferma?"

"In realtà riparto per l'Italia la prossima settimana. Mi prendo un po' di ferie e vado a godermi la mia bella Toscana. Ho una casa magnifica vicino a Capalbio. E lei?"

"Rientro anche io, non sarò sempre in Italia ma tornerò a Vienna solo a settembre. Io ho una baita in una zona meravigliosa dove però mi toccherà lavorare molto."

"Ed il peloso dov'è?"

"Già rientrato. Sono sola."

"Pertanto questa sera ceniamo insieme. La vengo a prendere per le 19.30, così ci facciamo anche un aperitivo. Mi raccomando.. rimetta quel vestito a fiori. Stava talmente bene.."

Ed Elisa indossò davvero quell'abito con un paio di sandali e legò di nuovo i capelli in una crocchia scomposta. Quel che vide negli occhi di Andrea le fece capire che aveva apprezzato, ma l'atteggiamento fu sempre molto distaccato.

La portò al Loos Bar, un american bar di inizio '900: l'interno la sorprese per via di un sapiente gioco di specchi, disposti sulla metà superiore delle pareti che dilatava la percezione dello spazio esaltando ancor di più le preziose colonne di marmo scuro. Ordinarono un Bloody Mary e si diedero alle chiacchiere leggere. Ne ordinarono un altro che li rese molto più loquaci e rilassati.

"La porto a cena al Kleines Cafè, in Snger Strasse, zona davvero incantevole. Ho già prenotato ed il menù consiglia le omelette salate della casa, da accompagnare con del Blaufränkrisch. Come dessert la torta di semi di papavero. Le va?"

Uscirono e lui le appoggiò la mano sulla schiena nuda, facendole piccole carezze con le dita mentre camminavano fianco a fianco. Una sensazione paradisiaca. Ma forse era anche a causa dell'alcool.

La cena fu serena ed intima ed Andrea non smise un attimo di fissarla in modo attento e penetrante. Era la prima volta che Elisa aveva a che fare con un uomo così sicuro di sé, ma al contempo così gentile e calmo, con una voce profonda e calda.

"Elisa, ho voglia di fare ancora quattro passi. Mi accompagna?"

"Credo di aver bevuto un po' troppo questa sera e sono un po' su di giri. Forse farei bene a rientrare."

"Io la trovo irresistibile e non mi va che lei mi lasci solo. Resti Elisa."

Le prese una mano e se la portò alle labbra. Ed Elisa restò, pur sapendo che non stava agendo nel migliore dei modi.

Camminarono in quelle vie incantate, mentre lui le raccontava episodi della sua vita errabonda.

"Elisa non le ho mai chiesto se è libera.."

"No. Ho conosciuto Michele a Capo Verde ad aprile dell'anno scorso e per lui ho troncato la storia con Alex, l'altro padrone di Laos"

"Dunque un grande amore.."

"Una grande passione. Con Alex era stata soprattutto una grande amicizia durata oltre 7 anni, dove la passione non trovava uno spazio molto ampio.

Anzi. Con Michele è stata chimica al primo sfiorarci ed è divampata il giorno dopo o quasi. E questa grande carica erotica che ci unisce ha fatto da collante e da portavoce al resto. Anche lui aveva una storia che ha faticato più di me a chiudere e quando ci è riuscito in modo definitivo io sono partita, perché ho ricevuto un'offerta qui a Vienna. Michele non è felice di questa lontananza, io però non ho intenzione di rinunciare ad una delle poche opportunità che la vita mi ha donato. Pertanto stiamo insieme nei fine settimana, durante le feste comandate. Un grande amore credo sia una costruzione lenta, noi siamo partiti al contrario e di corsa. Vedremo. Abbiamo molte cose in comune anche se proveniamo da ambienti opposti e siamo abituati a frequentare luoghi diversissimi. Lui ha organizzato una vacanza sorpresa e questo mi dà molta ansia perché le sorprese non mi fanno impazzire.."

"Michele. E cosa fa? Quanti anni ha? Dove vive?"

"Ha 47 anni, lavora da Slow food e vive a Torino. Cosa cambia?"

"Lo inquadro. Mi faccio un'idea."

"E lei, dopo la scomparsa di sua moglie ha avuto altre storie?"

"Nessuna relazione che contasse qualcosa nella mia vita. Non me n'è mai venuta la voglia. E ho la fortuna di spostarmi molto ed evitare strascichi."

Continuarono a conversare amabilmente per un'altra ora, mentre Andrea le posò una mano sul fianco camminando. Fu piacevole. Di nuovo.

Sotto casa lui le diede un bacio leggero sulle labbra.

"Le auguro un'estate meravigliosa. Se trova il tempo venga a farsi un paio di giorni a Capalbio. Il mio numero ce l'ha. Sa che può portare anche il suo cane perché con Sissi va d'accordo. Mi avvisi solo prima. Come lei detesto le improvvisate."

"Siccome non so ancora esattamente quali sono i piani di questo periodo non le so dire se potrò scendere fino da lei, ma glielo farò sapere senz'altro. Potrei cogliere l'occasione di vedere la mia amica Vikka, che abita in Liguria e portarmela appresso. Tra l'altro a Capalbio hanno un centro balneare dei nostri conoscenti di Malindi. Si chiama the Last Beach. Conosce?"

"E' un posto esclusivo per fricchettoni e sciantose. Non frequento simili posti. Mi spiace. Io ho le mie spiagge di riferimento e poi giro in jeep e scelgo posti selvaggi."

"Interessante. Il professore griffato quando torna a casa diventa un avventuroso Robinson Crusoe?"

"Lei fa la birichina Elisa. Ma potrei stupirla. Forse non metterò i jeans a cavallo basso, ma qualche bermuda cachi e delle vecchie tute le possiedo anch'io. Ho persino dei jeans scoloriti. Cosa crede? Ha presente la pubblicità dell'uomo Rockford di qualche tempo fa? Mia moglie diceva che gli assomigliavo tantissimo.."

"Era una gran bel tipo quello là. Accidenti. Mi inchino."

"Se si inchina io posso vedere praticamente ogni particolare del suo corpo, che mi è già molto chiaro, le assicuro. Questo abito non lascia nulla all'immaginazione … è il miglior regalo ch'io potessi farmi. Se lo porti dietro qualora dovesse decidere di venire, Elisa."

"D'accordo. Qualora dovessi lo farò. Buona notte Andrea. Buone vacanze anche a lei"

Gli diede un bacio sulla guancia annusando il suo profumo, estremamente discreto ma penetrante, e se ne andò senza girarsi, sapendo che le stava ammirando il fondoschiena.

"Lo so che se n'è accorta ma non ho potuto resistere"

Le disse allontanandosi mentre lei entrava dal portoncino. E questa affermazione la fece ridere. Che tipo.

Agosto

"Ciao Tesoro. Come stai?"

"Ciao Vikka. Sto bene. Senti..io verrei a trovarti e poi, se ti va, vieni con me verso Capalbio. Vado a trovare una persona che conosco per un paio di giorni e mi farebbe piacere la conoscessi. Io ho Laos. Lui ha una Retriever di nome Sissi. Una pazza. Gli ho chiesto e mi conferma che va d'accordo con qualunque cane e di qualunque sesso, pertanto puoi portarti le tue.."

"Ma chi è questo? E com'è andata la vacanza sorpresa di Michele?"

"Il tizio è uno scienziato che ho conosciuto a Vienna e che ha 6 anni in più di me. Uomo piacevole ed interessante. Pertanto potresti apprezzare. Con Michele è andata benino. Oddio, non lo so. Mi ha portata alle Seychelles. Posto meraviglioso, ma non è per questo. Ha scelto un resort da ricchi e questo mi è molto spiaciuto. Anche se era bellissimo: il Savoy Resort and SpA nell'isola di Mahè. E' solo che se mi avesse davvero ascoltata in questi mesi mai avrebbe scelto un luogo del genere capisci? Perché purtroppo io non sono la Canalis e non ho voglia di fare queste vacanze opulente, languidamente buttata su una sdraio bordo piscina o sulla spiaggia a fare selfies. Pertanto dopo 3 giorni di bivacco celestiale ho iniziato a dare segni di insofferenza che il sesso abbondante e creativo non riusciva a placare. E gli ho propinato una serie di escursioni per visitare, annusare, cogliere e immergerci nella natura. Trekking sul Morne Blanc da urlo. Tu saresti impazzita per quella natura selvaggia e rigogliosa e quei colori.. Dio del Cielo. A Victoria siamo andati al mercato, al tempio Hindu, ai resti della Mission Lodge Lookout da dove si gode di un panorama incantevole sull'anse Intendance, la Clock Tower, il Copolia Trail passeggiata di mezz'ora in mezzo alla foresta con una vista unica su Victoria. Insomma, per una settimana si è fatto a modo mio e lui era al limite della sopportazione. E così gli ultimi quattro giorni abbiamo trovato un compromesso che ci consentiva una mezza giornata libera. Io me ne andavo in giro a scoprire ogni dettaglio e lui alla Spa o sotto le palme a leggere. Per stare bene ci siamo divisi. E questo dovrebbe suggerirmi qualcosa?"

"Sei sempre la solita spigolosa. Ti ho già detto di smussare tutti quegli angoli. Avete idee diverse sulle vacanze ma vi siete comunque divertiti e siete stati bene. Lui ti è venuto incontro e poi tu sei andata incontro a lui. Funziona così gioia mia. Ma dello scienziato è la prima volta che ne sento parlare.."

"Anche perché non c'è molto da dire. Ci siamo conosciuti e visti talmente poco. Ma le volte che l'ho visto sono sempre state molto interessanti. Insomma Andrea è un signore piacevole."

"Ok. Se lo dici tu. Conosciamo questo Andrea".

Elisa passò a prendere la Vikka e partirono tutte stipate con 3 cani ed un gatto. Il casale si trovava in via Valmarina a Capalbio, su una collina a 300 metri sul mare, in Maremma, zona magnifica. Il paesaggio era suggestivo perché offriva una visuale a 360° che spaziava dal promontorio dell'Argentario al parco naturale della Maremma, al borgo medievale di Capalbio. Era composto da due costruzioni principali, una più antica dei primi del '900 ed una recente, unite da un corridoio. Passato e presente coesistenti sinergicamente senza confondersi.

Andrea disse che la parte antica era la sua dimora: loro videro solo l'ampio soggiorno con camino, divani comodi ed ampi, librerie colme di volumi, travi a vista, cucina spaziosa e dotata di ogni confort e di un immenso tavolo di legno con panche, un bagno per gli ospiti accogliente. Al piano sopra dovevano esserci un paio di camere e due bagni ed uno studio. Ma non osarono chiedere di salirci. La parte più recente, adibita agli ospiti, era moderna con un nuovo soggiorno funzionale con divano ad angolo con una fantasia a grandi righe, una televisione a schermo piatto ed un tavolino centrale pieno di riviste, la cucina moderna ed ipertecnologica, due camere da letto coi relativi bagni, uno con doccia e l'altro con vasca. Attorno una tenuta di 19 ettari con zone di macchia mediterranea, uliveti, roseti, campi di lavanda, due orticelli, un pollaio, un maneggio.

"Acciderbola tesoro, ma il tuo professore è multimilionario?"

"Io non so cosa dire.. sono sbalordita."

Si sistemarono e poi lo raggiunsero. Lui aveva un bel pick up comodo dove salirono tutti per andare a fare un giro nei dintorni. Andrea era abbronzato e gli abiti informali lo rendevano ancora più affascinante di quanto ricordasse. Elisa non riusciva a staccargli gli occhi di dosso. Per fortuna era nel cassone con gli animali, altrimenti si sarebbe fatta una figuraccia.

La cena fu un tripudio di sapori toscani, accompagnata da un Morellino di Scansano che liberò le menti e creò un ambiente cameratesco. Era bellissimo stare tutti insieme, animali comprese, a raccontarsi aneddoti e ridere.

Verso le 23 Vikka se ne andò e loro uscirono nel patio per godersi quell'atmosfera incantata.

"Elisa, le piace il mio regno?"

"Accidenti Andrea. Lei è un principe … il mio appartamento è grande come la sua cucina. Certo che ha creato un paradiso.."

"E' vero. Ho sempre guadagnato molto e ho investito tutto nella mia terra. Lentamente e negli anni ho fatto abbellimenti e modifiche fino a raggiungere l'attuale risultato. Sono lieto l'abbia conquistata. Un po' ci speravo."

"Io credo che non esista al mondo qualcuno che non apprezzi. E' un luogo da favola. Ma mi mette soggezione. Io non saprei cosa farmene di un posto così immenso. Anche se ho sempre pensato che per convivere bene fosse fondamentale avere spazi suddivisi ed ampi.."

"Elisa, io la penso come lei. E' bello condividere ma è bello anche separare. Soprattutto dopo una certa età. Con abitudini differenti. Posso dirle che abbronzata sta benissimo. Ed i capelli sono cresciuti molto. Mi piacciono scarmigliati. La fanno apparire ragazzina."

"Lei mi lusinga Andrea o fa dell'ironia. Non si capisce mai.."

"No no. Io non scherzo..ed il mio abito le sta d'incanto. Sono felice se ne sia ricordata. Il fatto è che, a questo punto, ho voglia di fare una cosa che mi frulla nella testa da molto tempo."

"Cioè?"

"Venga con me"

La prese per mano e la condusse verso una sorta di ringhiera che dava verso il mare. Poi la cinse da dietro e restò appoggiato a lei con il viso immerso nei capelli.

"Avevo voglia di sentirla contro di me, di percepire la sua schiena nuda sul mio petto, di avere i suoi fianchi premuti al mio inguine e di annusare la sua pelle. Lo so che ha un fidanzato Elisa. Ma lei mi interessa molto.."

Elisa rabbrividì suo malgrado e non ebbe coraggio di muoversi. Quel contatto era piacevole, ed anche la voce che le bisbigliava nelle orecchie. Poi lentamente lui si spostò, rimase un attimo in silenzio, come assorto, ed infine la fece girare.

"Elisa..io.."

La attirò verso di se e la bacio sulle labbra. Prima con delicatezza e timidezza e poi impetuosamente, accarezzando la schiena nuda e creandole piccoli brividi di piacere. Sempre con dolcezza le spostò le spalline che scesero lasciandole il seno nudo che lui leccò con fare esperto, sempre più avidamente. Poi la spostò.

"Mi scusi Elisa. Lei è talmente invitante e gustosa. Forse abbiamo bevuto troppo.."

Elisa si riportò le spalline sulle spalle in forte disagio.

"Io..Andrea. So di sembrarti una poco di buono anche perché non mi sto comportando nel migliore dei modi.."

"Elisa ma cosa dici? Tu sei una donna magnifica. Io nemmeno per un attimo ho pensato male di te. Ed in tutto questo tempo ho anche cercato di vederti poco e di centellinare i nostri momenti, per evitare di comportarmi come un animale. Ma poi ti ho invitata qui perché ero curioso di vedere la tua faccia in casa mia. L'espressione che avresti avuto per sapere se avresti davvero amato tutto questo. Non sapevo se avresti accettato ma lo speravo. Come vedi sono un vecchio romantico."

"Andrea. Tu sei un uomo straordinario ma in questo momento io sono confusa ed ho bisogno di andare a dormire."

"Capisco."

"Non credo. Ma non scendere a conclusioni che potrebbero essere fuorvianti. Dammi del tempo per metabolizzare il momento che ci siamo regalati. Perché io legga dentro di me."

"Prenditi tutto il tempo che vuoi. Quel che dovevo dirti te l'ho detto. Ormai è chiaro. Io sento che tu sei la donna che voglio al mio fianco."

Elisa se ne andò in camera sua con Laos e rimase con il suo cane accucciato ai suoi piedi a contemplare la notte, rimuginando su milioni di immagini, parole, ricordi.

Cosa ne sarebbe stato del suo futuro non ne aveva idea. Sicuramente però, qualsiasi decisione avesse preso, avrebbe dovuto essere definitiva. Non ne poteva più di tutto quel precariato. Da sola, con Michele, con Andrea, a Vienna, a casa o in giro per il mondo ma convinta.

Ormai era tempo che si assumesse la responsabilità del suo destino. Senza paura. Senza tentennamenti. Senza ansia.

Epilogo

Il vero amore non è né fisico né romantico.
Il vero amore è l'accettazione di tutto ciò che è, è stato, sarà e non sarà.
Le persone più felici non sono necessariamente coloro che hanno il meglio di tutto,
ma coloro che traggono il meglio da ciò che hanno.
La vita non è una questione di come sopravvivere alla tempesta,
ma di come danzare nella pioggia!

Kahlil Gibran

In due anni la vita poteva cambiare così tanto, stravolgersi e capovolgersi senza perdere l'equilibrio?

Tutto il dolore di una vita poteva essere cancellato o semplicemente si trasformava in bagaglio importante e memoria fondamentale sui quali costruire una casa con muri solidi e finestre ampie che portano armonia?

Elisa si chiedeva tutte queste cose mentre sorrideva beata guardando l'orizzonte. I suoi occhi non si erano ancora abituati a tutto quello splendore e quella sera, adagiata sulla sua Chaise Longue Nari si perdeva nello sfavillio di luci e colori, mentre accarezzava la testa di Laos coricato al suo fianco. Non avrebbe mai potuto prevederlo. Se glielo avessero raccontato non ci avrebbe creduto. Eppure aveva buttato così spesso la sua vita in aria da non poter avere più dubbi in proposito. Tutto poteva succedere, ed anche di più.

Nei due giorni successivi l'avrebbero raggiunta persone speciali, alle quali erano successe altrettante vicende sorprendenti. Era come se, una misteriosa bacchetta magica, avesse finalmente deciso di accarezzare le teste degli ultimi, per farli diventare dei protagonisti assoluti.

Lidia si era fidanzata con un collega di Elisa, conosciuto all'università Quando erano rientrate a Vienna, in settembre, si erano incontrati e non si erano più mollati. Elisa non avrebbe mai creduto possibile che si potessero piacere ed invece.. Già dalla prima sera avevano parlato senza sosta e poi era stato un susseguirsi di colpi di scena che non li avevano più separati. E in quello stesso anno avevano già preso la decisione di andare a vivere insieme ed Anna si sarebbe trasferita con loro. Avrebbe iniziato l'università in un nuovo ambiente e ne era entusiasta.

Alex aveva proseguito la sua relazione con la stessa tizia e tra loro funzionava alla grande. Si vedevano poco ma si vedevano con spessore ed infatti il loro amore era forte e tenace. Si erano già incontrati in più di un'occasione tutti insieme e li aveva trovati adorabili. Era bello vedere il suo ex così soddisfatto ed in pace.

Vikka, nonostante quel che avevano detto i medici, stava per diventare madre a 45 anni ed il suo compagno aleggiava sulle nuvole da circa quattro mesi. Ormai tutto era definitivo e sapevano anche che lo avrebbero chiamato Paolo. Non vedeva l'ora di riabbracciarla con tutta quella pancia e quelle tette, che lei odiava.

Tutti i suoi più cari amici sarebbero arrivati e con loro anche la madre, che amava quel luogo e la persona che Elisa aveva scelto. Ed il fatto che lei, a 52 anni, avesse deciso di sposarsi la raccontava lunga sulla serietà dei suoi sentimenti. Una volta capita la strada che desiderava percorrere non aveva più volto gli occhi indietro e nessun ostacolo aveva più potuto fermarla.

Il matrimonio era stata una scelta inaspettata. Lui ci teneva e lei sapeva che non ci sarebbe stato più nessuno dopo ed era con lui che voleva invecchiare se Dio glielo avesse concesso. Nei mesi precedenti avevano praticamente bruciato le tappe ed avevano scelto di vivere insieme ogni momento possibile. Gli dava una tale forza saperlo al suo fianco, nella sua vita, che nulla le era più apparso irraggiungibile.

Avrebbero fatto una cerimonia campestre, senza fronzoli. Avevano preso dei tavolacci attorno ai quali si sarebbero seduti per mangiare tutti insieme, ci sarebbero stati la musica ed i cani, del buon vino e una cucina semplice e casereccia. Ognuno poteva vestirsi come meglio credeva, anche perché lei non aveva comprato un abito da sposa ma avrebbe indossato un abito che nella sua vita aveva segnato la svolta.

"Elisa..sei felice?"

"E me lo chiedi? Hai esaudito così tanti desideri che potrei volare come un gabbiano"

"Io non ho fatto altro che darmi quello che più mi faceva star bene. Tu sei solo un accessorio.."

"Scemo.."

Quando era tornata a Vienna, dopo le vacanze, le sue idee erano bislacche e confuse. I baci scambiati con Andrea le bruciavano sulla pelle e non sapeva perché si fosse lasciata andare così tanto. Non aveva nemmeno deciso quale direzione professionale intraprendere da luglio in poi, chiedendosi spesso se fosse il caso di restare a Vienna.. Lidia era partita con lei, per godersi le sue meritate vacanze, occasione che permise loro di parlare a lungo.

E poi accadde di tutto, ancora una volta.

E questo tutto fu senz'altro il migliore di tutta la sua vita.

Mentre cenavano in un ristorante vicino a casa Elisa vide Lukas, un suo collega di università, solo. Gli chiese subito di unirsi a loro e lui accettò di buon grado. Lukas insegnava diritto internazionale e sapeva un po' di italiano perché aveva dei parenti in Trentino ed aveva fatto Erasmus a Milano in Bocconi. Per Lidia fu un colpo di fulmine.

Michele arrivò il giorno dopo. Avevano organizzato un bel trekking nel bosco viennese meridionale, per visitare sia l'abbazia cistercense di Heiligenkreuz che il castello di caccia di Mayerling e Lukas si unì a loro. Tutto avrebbe potuto andare nel migliore dei modi se Michele non si fosse preso una storta tremenda. Pertanto dovettero rientrare e portarlo al pronto soccorso. Mentre lo stavano visitando gli arrivò un messaggio che Elisa, senza pensarci, lesse. E si accorse che Michele era nuovamente in contatto con Steffy. La cosa avrebbe anche potuto non essere strana, potevano essere diventati amici dopo tutto quel tempo, se non fosse stato per il testo.

"Anche io non mi aspettavo accadesse. Ma è stato magnifico."

Quando tornarono a casa, quella sera, Elisa decise di non perdere troppo tempo affrontando Michele. Anche lei aveva fatto una cazzata con Andrea.

"Senza volerlo ho letto un tuo messaggio oggi. Era di Steffy. Me ne vuoi parlare?"

"Si, certo. In fondo ho talmente tante cose per la testa. Magari parlando con te mi si chiariscono. Dopo la nostra vacanza, che è stata un successo solo perché l'attrazione fra noi è talmente forte che supera ogni ostacolo, io mi sono chiesto se tu fossi la donna con la quale avrei voluto invecchiare. Ti ho conosciuta al limitare del mondo e mi sei piaciuta subito, da impazzire. Hai travolto tutto come la lava di un vulcano in eruzione. E mi hai tolto il respiro. Avevo sognato di vivere con te ogni momento ma tu sei partita. E, come sai, non ero d'accordo. Capivo che tu meritavi di lavorare in un posto che ti rendesse soddisfatta e che se ti avessi tenuta con me non sarebbe accaduto, ma la delusione c'è stata. Ogni volta che ci trovavamo però era stupendo. Ero talmente pazzo di te che tutto il resto passava in secondo piano. Mi facevi sentire il padrone del mondo. Ho vissuto mesi di estasi assoluta. E poi siamo partiti insieme. Credevo, che come me, tu non desiderassi altro che vivere il nostro paradiso privato. Ho scelto un posto idilliaco dove avremmo potuto godere di noi in ogni istante ma tu, dopo tre giorni, eri già in fibrillazione. Al rientro ho incontrato Steffy ad una festa. Tu eri andata dalla tua amica in Liguria ed io avevo voglia di gente. Abbiamo passato la serata a parlare. Tutto qui. Ma una settimana dopo ci siamo rivisti per caso. Al supermercato. E mi ha invitato a cena. Ha detto che aveva bisogno di parlarmi, di confrontarsi e le ho detto di si. Lo so cosa ti avevo promesso ma l'ho fatto ugualmente. E' stata una buona serata e quel che mi ha detto mi ha risvegliato cose sopite. Non so. So che abbiamo bevuto un po' e che ero su di giri. Non ci sono scuse.. L'ho baciata. E abbiamo quasi finito per fare l'amore. Era più calda di come la ricordassi e terribilmente provocante.. Ma all'ultimo mi sono tirato indietro e sono scappato.."

"Non sono andata solo in Liguria. Ma anche in Toscana coi cani e Vikka, dallo scienziato di cui ti avevo parlato. Abbiamo trascorso due giorni da lui. E l'ho baciato. Non lo so nemmeno io cosa sia avvenuto. L'atmosfera, il vino, la calma, il suo modo di fare. Ma dopo il bacio sono scappata anche io.."

Rimasero a fissarsi esterrefatti per qualche secondo.

"Secondo te cosa significa tutto questo Elisa? Abbiamo avuto paura?"

"Michele, se tu potessi avere la bacchetta magica cosa vorresti per noi due? Che tipo di vita vorresti che facessimo veramente?"

"Vorrei che tornassi in Italia e venissi a stare con me. Anche in un'altra casa, magari scelta da tutti e due, ma che fossimo io e te. Per condividere ogni giorno."

"Quanti anni ha Steffy?"

"Cosa c'entra? Ne ha 7 in meno di me. Pertanto 40"

"E tu non hai mai pensato di volere dei figli?"

"No, non ci ho mai pensato. E non mi è mai parso importante."

"Ne sei sicuro? Perché vedi Michele, io non te ne darò mai. Ho già 51 anni. E poi: io ho scalpitato durante la vacanza perché stare sempre appiccicati come cozze dopo un po' mi soffoca. E quindi se vengo a vivere con te non posso pensare di fare tutto con te. E solo con te."

"Dio. Anche Steffy si è messa a parlare di bambini e famiglia. Cosa sta succedendo? Ma è chiaro che non facciamo sempre tutto insieme e che ognuno avrà i propri interessi.. La vacanza l'ho scelta perché tutto questo durante l'anno non l'ho avuto e mi è mancato… Ma quel tizio, il professore, perchè ti ha invitata a casa sua, ma soprattutto perché tu ci sei andata?"

"Non l'ho visto molte volte ma ogni volta che l'ho visto è stato interessante. E' un uomo di pregio, che conosce tante cose e sa parlare carismaticamente. L'ultima volta che ci siamo visti mi ha detto che avrebbe passato le vacanze nella sua casa in Maremma, che avrebbe avuto piacere di mostrarmi. Si trovava in un posto dove abitano degli amici miei e di Vikka e mi è sembrato intrigante andarci. Il posto era magnifico e lui è stato un perfetto padrone di casa. Non mi aspettavo che mi baciasse e nemmeno che mi piacesse. Fino a quel momento ci davamo addirittura del Lei."

"Quindi ti è piaciuto?"

"Si. Ma non è stato come quando ho conosciuto te. Io ti volevo già nel momento stesso che ho stretto la tua mano. Andrea non mi ha fatto quell'effetto. Era piacevole, affascinante, mi lusingavano le sue attenzioni e che mi ascoltasse con interesse, di avere al mio fianco una persona importante. Quando mi ha baciata è stato inaspettato. Con te io lo agognavo, io non vedevo l'ora che tu mi baciassi, mi toccassi, mi prendessi."

"Elisa. E per me è ancora così. Tu mi dai ancora così tante sensazioni, anche solo quando sento la tua voce. La chimica fra noi è ancora altissima. Ma io lo so cosa stai pensando."

"A cosa sto pensando?"

"Quando la chimica non sarà più così potente vivere insieme sarà altrettanto speciale? E io ti dico di si. Perché abbiamo imparato a vivere insieme, a dormire insieme, a discutere, a costruire. Perché sappiamo i nostri difetti, conosciamo i nostri limiti. Abbiamo corso tanto, ci conosciamo da poco più di un anno, ma ci siamo dati tante belle giornate e notti indimenticabili. Io ti amo Elisa."

"E io amo te. Quando siamo insieme la passione non ci lascia mai. Ma tu hai avuto voglia di rivedere Steffy. E avete rischiato di fare l'amore. Io sono stata a casa di un altro uomo e l'ho baciato. Prendiamoci del tempo e riflettiamoci. Perché ogni decisione che prenderemo porterà una conseguenza."

Quando Michele ripartì Elisa decise di fare una lunga passeggiata nel Kurpark Oberlaa, aveva bisogno di guardarsi dentro e Lidia andò con lei. Laos come sempre era al loro fianco.

"Che mi dici? Michele è una persona deliziosa. Certo ha rivisto e baciato Steffy, ma tu sei andata da Andrea. Cosa sta succedendo? Hai paura di impegnarti con qualcuno che potrebbe ferirti, stai cercando di scappare?"

Come se fosse stato invocato Andrea si manifestò davanti a loro con Sissi.

"Buongiorno Elisa. Come stai? Lei è Lidia?

"Come hai fatto a capirlo?

"Io ho ascoltato ogni parola che mi hai detto e sapevo che saresti tornata con una delle tue più care amiche. Io sono Andrea. Non credo le abbiamo parlato di me"

Lidia gli strinse la mano e poi continuarono il giro nel parco tutti insieme, conversando di qualsiasi argomento. Ancora una volta Andrea riuscì a conquistare un'altra persona con il suo modo pacato ed affabile nel trattare ogni argomento.

"Posso invitarvi a cena questa sera?"

"Certo, io però posso portare anche una persona che ho conosciuto qui e che mi farebbe piacere avere al mio fianco?

"Naturalmente Lidia. E' ovvio."

Mentre tornavano a casa Lidia era stranamente silenziosa. Ma poi non ce la fece più.

"Elisa, Andrea è esattamente il tizio che per tutta la vita tu mi hai raccontato che volevi incontrare. Lo avevi descritto nei minimi dettagli. Sapevo cosa avrebbe detto, quali reazioni avrebbe avuto, che tipo di vita avrebbe fatto. Non so come tu ci sia riuscita ma eccolo qua. Ci credo che tu sia andata in crisi. Michele è tutto quello che non hai più avuto dopo la morte di Marco. L'unico che ti ha fatta sentire speciale al punto da buttare all'aria la sua vita per te. Ti ha desiderata, adorata, stimolata e fatta sentire bellissima in ogni istante. Prima di Marco nessuno ti aveva mai fatta sentire così, persino Max aveva scelto l'altra, quella che sembrava di serie B. Poi c'è stato Marco, un amore forte, certo, ma durato troppo poco perché si potesse conoscere un evoluzione e quindi per questo amplificato e reso inattaccabile. Quando eravate nel periodo più inebriante lui è sparito. Michele è un uomo intelligente, brillante, abituato ad avere tutto quel che ha voluto, ma gentile e trasgressivo nel modo che tu ami. In questi mesi ti ha dato talmente tanta gioia e stimoli da lasciarti sempre senza fiato. Però tu hai anteposto la tua vita a voi ed, ancora oggi, se ti chiedesse di mollare tutto per sposarlo non so se tu lo faresti. Non lo so…. Stasera terrò d'occhio questa new entry.. quelli così perfetti mi danno da pensare sempre. In che film…"

"Ahahahah. Sei un mito. Ti ricordo però che questo Lukas, come dire.. dopo anni di austerity ti sta facendo fare follie. Attenzione che Vienna possa fare un miracolo??"

La sera andarono a cena a casa di Andrea. Lui le accolse in t-shirt e tuta da ginnastica, scalzo e con i capelli arruffati. La tavola era apparecchiata in modo informale ed il menu prevedeva un'ottima pasta pomodorini, feta e peperoncino, qualche verdura grigliata, uno strudel comprato in pasticceria, un buon rosso toscano. Fu una serata scanzonata e leggera e dopo si guardarono un film tutti insieme, piazzati comodi sul mega divano del soggiorno e si sbellicarono dalle risate ironizzando sulle battute del film.

A colazione Lidia ripartì all'attacco.

"Mi piace. Andrea mi piace. E' un altro mondo. Basta scopate in tutti i mari ed in tutti i laghi. Qui si parla di brividi accennati, di tramonti assaporando un aperitivo seduti vicini, di condivisioni mentali ad alto livello, di baci appassionati in solitudine, di lontananze e riavvicinamenti per il lavoro che, o di una vita errabonda al suo seguito. Quel che serve capire adesso è cosa vuoi Elisa? Perché Andrea, secondo me, ti vuole. Ma solo quando sarai pronta. Senza fretta. Perché è nella fase dopo."

"Io quando vedo Michele sono sempre in ebollizione. Poco dopo che siamo insieme io devo averlo già consumato. Se siamo in giro ho voglia di stuzzicarlo e mi diverto quando sento il suo desiderio pulsare. A letto siamo perfetti. Ma lo apprezzo anche come uomo, perché è molto intelligente e conosce molti autori, è un intenditore di arte e di storia, sa cucinare benissimo, ha buon gusto nel vestire e nel fare regali, è sensibile e con Laos va d'accordissimo. Ogni volta che mi chiama io sento i battiti del cuore accelerare e mi sento felice. Andrea ha un cane e se lo porta dappertutto, vive in campagna perché ha bisogno di natura, sa fare l'orto, sa produrre l'olio, ma al contempo è uno scienziato che gira il mondo, conosce tre lingue, sa condursi in ogni ambiente. E' stato sposato trent'anni e ha amato solo una donna. Dopo la quale non ha più voluto altre donne al suo fianco, a casa sua. Sa mangiare e cucina in modo essenziale, ama il buon vino, la bella vita ma è un uomo di terra. Non ho la minima idea di come sarebbe stare con lui, perché è molto indipendente ed autonomo e non è più abituato a condividere la sua esistenza con qualcun altro. Ma certo devo ammettere che mi turba e che mi sono chiesta se non stessi sbagliando a lasciarlo perdere.."

Vikka, nel frattempo, le aveva detto che se non si prendeva Andrea, lo avrebbe presentato alla sorella perché un tal boccone non andava sprecato E le aveva anche fatto sapere che Claudio, finalmente, aveva scelto lei e che si sarebbe trasferito a vivere con lei nella nuova casa. Alleluja.

Carlotta e Francisco avevano deciso di sposarsi e di trasferirsi a Lisbona, dove lei aveva trovato lavoro come Chief Assistant di un tizio importante e lui, presasi la specialistica, avrebbe portato avanti il suo business dal Portogallo.

Un magico settembre. Si sarebbe detto. Ma qual'era la verità del suo cuore?

Era accoccolata sul divano con Laos quando il campanello di casa suonò. Chi poteva essere? Lidia era in giro con Lukas. Come ogni sera ormai.

"Andrea? Sei fradicio. Piove?"

Lui non disse una sola parola. La baciò sulle labbra e poi la baciò ancora ed ancora ed ancora. Senza mai tentare di entrare.

"Se ti perdo sono un coglione. Dopo tutto questo tempo non so più come si fa, come sia giusto agire. Ma io so che tu sei la persona con quale voglio invecchiare e so che io e te saremmo molto felici alla tenuta. Ho quasi 60 anni e ho voglia di ritirarmi e di occuparmi della mia terra, di diradare gli impegni e so che tu sei la persona con la quale condividere ogni spazio. Non sarà facile. Ci saranno tempi duri, ed inverni. Ma ci saranno soprattutto primavere ed estati e passerò quel che mi rimane a restituirti tutto quello che la vita ti ha tolto, ti ha rubato o non ti ha mai regalato. Perché se ti lascio andare io non me lo perdonerò mai e se non combatto per tenerti vicina a me io non sarò più degno di chiamarmi Andrea. Pensaci Elisa. Perché io ti amo e ti amo profondamente. Ma se mi scegli, tu il giorno dopo vieni a vivere con me. Lo sai che io ho una stanza ed un bagno in più e che potrai vivere nella tua libertà assoluta. Che le tue amiche saranno sempre le benvenute, così come il padre di Laos e la sua compagna, persino quella svampita di tua madre che saprò gestirmi molto bene. E questo è quanto. Buona notte."

Tutto cambiò da quella sera.

Si stava mettendo l'abito a fiori che lasciava la schiena nuda. Quello che Andrea aveva amato dalla prima volta. Vikka le acconciò i capelli, Sonia e Alessandra la truccarono, Lidia la accompagnò fino al luogo designato per la cerimonia. Andrea la stava aspettando con la camicia bianca di lino, i pantaloni blu sportivi e scalzo, proprio come lei. Laos e Sissi erano accucciati ai loro piedi ed il Si lo voglio fu solo formalità.

Si erano trovati, quando la vita non avrebbe più dovuto dar loro il grande amore, quando la vita aveva già insegnato molte lezioni e tolto molte illusioni, ed era un miracolo. Vivere insieme era stato da subito come stare a casa. Come se si fossero aspettati da sempre. La prima volta che fecero l'amore fu qualcosa di lento, pensato, assaporato. Danzarono insieme armoniosamente e senza timidezze, parlando e raccontandosi per arrivare a conoscersi nel profondo. E quello scoprirsi con calma permise loro di migliorare di mese in mese, facendoli sentire sempre più uniti e irraggiungibili. Decidere di sposarsi fu una scelta di Andrea. Ed Elisa per la prima volta sentì che SI era la sola parola che poteva dire.

"Ti amo Andrea. Grazie di tutto questo. Tu hai realizzato ogni mio sogno.."

"Ti amo anch'io Elisa. Invecchiare con te qui sarà la mia gioia più grande".

E la festa potè iniziare.

Ringraziamenti

Grazie a tutti coloro che lo hanno letto. E' il primo ed è stato una prova, una sorta di catarsi.

In molti vedranno riferimenti a fatti e persone. Sono solo riferimenti perché la verità sta altrove.

Ammetto di aver tratto da alcune situazioni reali e di averle colorate o modificate come mi faceva comodo.

Questo è il mio inizio ma non la mia fine.

Continuate a seguirmi. Diventate miei amici. Cercatemi su Facebook e Linledim e Amazon e ditemi di voi.

Un abbraccio.

Made in the USA
Monee, IL
07 May 2021